KV-572-565

Shoned Wyn Jones

gwirioni

yL olfa

065335

4.14
DM 10/01

ANDRILLO COLLEGE
N ADNODDAU LLYFRGELL
RESOURCE CENTRE
492 542342

Gwirioni

below.

COLEG LLANDRILLO COLLEGE
LIBRARY RESOURCE CENTRE
CANOLFAN ADNODDAU LLYERGELL

Casgliad Cymraeg
FFUGLEN

10/01

065335 CYM FFUGLEN JON

Argraffiad cyntaf: 2001

® Hawlfraint Shoned Wyn Jones a'r Lolfa Cyf., 2001

Mae hawlfraint ar gynnwys y llyfr hwn ac mae'n anghyfreithlon llungopïo neu atgynhyrchu unrhyw ran ohono trwy unrhyw ddull ac at unrhyw bwrpas (ar wahân i adolygu) heb ganiatâd ysgrifenedig y cyhoeddwyr ymlaen llaw.

Llun y clawr: Keith Morris
Cynllun y clawr: Ceri Jones

Rhif Llyfr Rhyngwladol: 0 86243 526 9

Cyhoeddwyd yng Nghymru
ac argraffwyd ar bapur di-asid a rhannol eilgylch
gan Y Lolfa Cyf., Talybont, Ceredigion SY24 5AP
e-bost ylolfa@ylolfa.com
y we www.ylolfa.com
ffôn (01970) 832 304
ffacs 832 782
isdn 832 813

COLEG LLANDRILLO COLLEGE
LIBRARY RESOURCE CENTRE
CANOLFAN ADNODDAU LLYFRGELL

Dechrau Haf 1985

Roedd Pegi Hughes ar fin tynnu'r teisennau cri olaf o'r badell pan agorwyd drws y cefn ac y gwthiodd Doli Pritchard ei chorff trwsgwl drwyddo. Roedd ei hwyneb yn fflamgoch.

"Welsoch chi o?" gofynnodd, wedi cyrraedd canol y gegin erbyn hyn.

"Be?" holodd Pegi.

"Yr arwydd."

"Yr arwydd?" Edrychodd Pegi arni fel pe bai o'i cho'.

"Wel naddo felly," meddai Doli gan eistedd yn ddiseremoni wrth y bwrdd bwyd. "Mi ro'n i'n amau na fasach chi wedi'i weld o. Dyna pam ddoish i yma ar drawiad. Meddwl y dylech chi o bawb gael gwybod."

Llanwodd ffroenau Pegi ag arogl llosgi ac edrychodd ar y badell ffrio.

"O, damia!" meddai wrth weld ffrwyth ei llafur wedi crimpio'n ddu oddi tanynt. Edrychodd yn flin ar ei chymdoges.

"Dwedwch wrtha i am be ydach chi'n siarad wir, neu mi fydda i wedi llosgi'r tŷ 'ma'n ulw."

"Yr Hafod, ynte. Mae o wedi'i werthu."

Safodd Pegi Hughes yn llonydd am ychydig eiliadau ac yna gafaelodd yn y badell a thywallt ei chynnwys i'r bin sbwriel.

"Pwy ddwedodd wrthach chi?"

"Nedw. Mi welodd o hogyn Bob Davies yn cyrraedd yno bora cynta a chnocio placard mawr 'Sold' ar yr arwydd."

"O."

"Wn i ddim pwy sy wedi'i brynu o cofiwch… "

"Na wyddoch. Ond mi gewch wybod m'wn."

Edrychodd ar Doli yn eistedd wrth y bwrdd yn un rholen o ddynes. Roedd ei hwyneb hi yn grwn fel lleuad llawn, ei hysgwyddau a'i gwâr wedi crymu, ei bronnau wedi suddo a'u colli yng nghanol haenau o fraster, a gewynau ei dwylo a'i thraed yn flonegog.

"… Mi fydd yn rhaid i ni drio gweld pwy sy'n mynd a dod hyd y lle 'ma."

Torrodd Doli ar draws ei meddyliau.

"Pam felly?"

"Wel i ni gael gweld pwy sy wedi'i brynu o."

"Waeth gen i," meddai Pegi, yn amlwg ddim eisiau trafod y peth.

"Ond mi ro'n i'n meddwl y basa diddordeb ganddoch chi, a chitha… "

"Mae blynyddoedd wedi bod bellach. Be 'di'r ots pwy ddaw yno i fyw."

"Ia, debyg." Roedd tôn llais Pegi wedi llwyddo i dreiddio trwy groen eliffant Doli a'i rhybuddio rhag trafod mwyach.

"Mi fasa paned yn dda, wrth 'mod i wedi rhuthro yma… "

"Ia siŵr, be sy'n bod arna i." Trodd Pegi i lenwi'r tegell.

"Ac mi gymera i un o'r teisenna' cri 'ma hefyd, ma nhw'n edrych yn neis."

Rhwng sŵn y dŵr yn berwi a chymysgedd ei meddyliau ni chlywodd Pegi fân siarad Doli ac ni sylwodd arni yn llwytho'i phlât â'r teisennau cri gan eu plastro â menyn a'u stwffio i'w cheg fesul un yn gyfan.

***

Roedd Robat Williams yn barod am damaid o ginio ac ar ei ffordd i gloi drws y siop pan agorodd hwnnw gan achosi i'r gloch fach ganu.

"Ew, Nedw 'rhen foi." Ceisiodd swnio'n groesawgar er bod ei fol yn rhuo eisiau bwyd. "Be fedra i neud i ti."

Edrychodd Nedw o'i gwmpas fel pe bai'n disgwyl gweld rhwyrai'n llechu rhwng y silffoedd.

"Mae o wedi'i werthu."

"Be felly?"

"Yr Hafod."

Tynnodd Robat ei sbectols a chraffodd ar Nedw. Roedd pawb wedi arfer â mân siarad Nedw ac yn gwybod nad oedd popeth a ynganai yn gwneud synnwyr llwyr.

"Deud ti felly," meddai Robat.

Nodiodd Nedw ei ben, yn union fel creadur pedair coes o'r un enw. "Do'n wir i chi," meddai, "heddiw'r bora."

"Sut gwyddost ti felly?"

"Gweld hogyn Bob Davies yn rhoi 'Sold' ar yr arwydd... "

Dechreuodd Robat weld fod sail i stori Nedw.

"Wel, wel," meddai, "wedi'i werthu o'r diwedd."

Safai Nedw yng nghanol llawr y siop gan ddal i ryw edrych o'i gwmpas yn ddrwgdybus. Lledai rhyw hanner gwên ar ei wyneb wrth weld fod Robat yn ei gredu.

"A be ddwedith hi ys gwn i. Mi gaiff wybod reit fuan... "

"Ma hi'n gwybod yn barod," atebodd Nedw. "Mi welais i Doli Pritchard yn mynd yno ar garlam wedi i mi ddeud wrthi."

7

"Do debyg," meddai Robat, "methu aros i sychu'i cheg. Wel, wel... "

"Rhaid i mi fynd rŵan Robat Wilias, i neud rhyw damaid o ginio."

"Ia, dos di Nedw, ac yli... " estynnodd Robat Williams am bastai porc o'r oergell, "dos â hon i gael efo paned. Mi wela i di eto."

"Ew, diolch Robat Wilias. Hwyl i chi rŵan."

A chan stwffio'r bastai i'w boced, diflannodd Nedw drwy'r drws.

***

Estynnodd Cledwyn Morris am y ffôn ar yr ail ganiad. Yr oedd wedi bod yn disgwyl yr alwad drwy'r bore.

"Yr Ynys."

"Helô, Swyddfa Prosser, Prosser a Doyle yma. Mae Mr Prosser eisiau gair."

"Cledwyn?"

"Ia."

"Huw Prosser. Mae'r arwydd wedi'i osod."

"Ers pryd?"

"Y bore 'ma. Mi fydd pawb yn gwybod bellach."

"Bydd, debyg." Daeth darlun o Doli Pritchard a'i cheg straegar i feddwl Cledwyn. "Diolch i chi, Huw."

"A dy'ch chi ddim wedi cysylltu efo... "

"Naddo. Does dim angen bellach."

"Nag oes... nag oes. Wel dyna ni 'te. Mi gysyllta i eto yn y dyddiau nesaf ynglŷn â'r manylion. Hwyl rŵan."

"Hwyl, Huw."

Rhoddodd Cledwyn y ffôn i lawr yn araf a throdd i wynebu Catrin ei wraig.

"Wedi'i werthu felly," meddai hithau, a gwelai Cledwyn ddagrau yn cronni yn ei llygaid.

"Diolch i'r drefn," atebodd yntau. "Mae o wedi bod fel maen am ein gyddfau ni ers blynyddoedd."

Agorodd Catrin ei cheg mewn anghrediniaeth. Caeodd ei cheg yn glep ac yna'i hagor eto, gan ddweud yn bwyllog, "Wel, Cledwyn, ti oedd... " Brathodd ei geiriau wrth weld yr olwg ar ei wyneb, a gwyddai o brofiad i beidio â dadlau mwyach.

"Mi a' i i wneud cinio i ni."

"Na, paid," atebodd yntau, "dim i mi beth bynnag. Dw i am fynd i gael golwg ar y defaid. Mae gwaith i'w wneud, rhaid cario 'mlaen... "

Mwmiodd y geiriau olaf wrth ei hun bron, er i'w wraig ei glywed. Teimlodd hi ei fod yn meirioli, a mentrodd eto.

"Cledwyn."

Trodd yntau.

"Dw i'n dal i feddwl y dylen ni fod wedi dweud wrthi hi."

Dychwelodd yr oerni i'w lygaid.

"Na!" meddai'n ffyrnig. "Na, Catrin, does ganddon ni ddim dyled iddi hi. Nag oes, byth."

Rhoddodd glep mor galed ar y drws wrth fynd allan nes i'r ddresel a'r llestri gleision ysgwyd fel pe baent mewn daeargryn. Eisteddodd Catrin Morris, ac ochenidodd yn drwm. O'i chadair gyferbyn â'r ffenest gallai weld ei gŵr yn brasgamu i gyfeiriad y cae. Roedd y tyndra yn amlwg yn ei gerddediad, a sylweddolodd na fyddai troi arno fyth. Wedi ei sicrhau ei fod wedi mynd yn ddigon pell, cododd ac aeth i fyny'r grisiau i'r llofft gefn. Aeth ar ei phengliniau wrth y gwely ac ymestynnodd am y bocs a lechai oddi tano. Tynnodd ef allan yn ofalus. Eisteddodd ar y gwely a *thywalltodd ei gynnwys ar y cwrlid. Llifodd pentwr o luniau allan a gafaelodd yn un ohonynt. Gwenai'r ferch arni, ei llygaid tywyll yn disgleirio, yr haul wedi'i ddal yn sglein y gwallt tonnog. Byseddodd amlinelliad ei hwyneb tlws drosodd a throsodd, ei meddwl ymhell i ffwrdd.*

***

Rhyddhad llwyr oedd gweld cefn Doli Pritchard y diwrnod hwnnw. Ni allai Pegi Hughes gofio byrdwn y sgwrs, ond gwyddai i'w chymdoges fod yn paldaruo am o leiaf awr gyfan gron.

Tywalltodd weddillion y te oer i lawr y sinc a rhoddodd y cwpanau a'r soseri yn y ddysgl am y tro. Fe'i golchai yn nes ymlaen. Ymlwybrodd yn araf a lluddedig i'r parlwr. Roedd newyddion Doli wedi effeithio arni'n llawer mwy nag y meddyliodd. Yr Hafod wedi'i werthu. Hafan breuddwyd mab a merch cymaint o flynyddoedd yn ôl. Sut aeth pethau o chwith? A oedd bai arni hi fel y'i cyhuddwyd? Pwy welai fai ar fam yn cadw cefn ei phlentyn? Ond i beth? Iddo ei thwyllo hithau yn y pen draw.

Eisteddodd yn llipa yn y gadair a syllodd yn hir ar y llun priodas ar y bwrdd wrth ei hochr heb syniad yn y byd bod gwraig arall yn gwneud yn union yr un peth yr ochr draw i'r dyffryn.

Pennod 1

Dechrau Haf 1980

Bwytâi Gwenan Morris ei brecwast yn araf-synfyfyriol. Roedd ei mam yn brysur yn paratoi brechdanau ar gyfer ei chinio yn yr ysgol a'i thad wedi mynd i ymhel â'r gwartheg ers oriau.

"Mam, pam na chawn ni fynd ar ein gwylia?"

Edrychodd ei mam arni cyn ateb.

"Am yr un rheswm na chawson ni ddim gwyliau llynedd na'r flwyddyn cyn hynny."

Rowliodd Gwenan ei llygaid o glywed y fath ateb twp.

"Ond mae Bethan Tyddyn Bach yn cael mynd. Mae ganddyn nhw wartheg."

"Tyddyn sy gan Wil Parri, nid ffarm, a beth bynnag mae ganddo fo fab digon hen i'w adael adra i edrych ar ôl y lle."

"Biti na 'sa gen i frawd wir. Ma Mali'n mynd i Sbaen yn syth ar ôl i'r ysgol gau."

Meiriolodd y fam.

"Mi wn i, Gwen. Mi faswn inna'n licio cael mynd hefyd, ond mi w'st ti gymaint o drafferth ma dy dad wedi'i gael efo'r hen le 'ma ar ôl dy daid."

Ni atebodd Gwenan.

"Yli, be am i ni'n dwy fynd i aros efo Anti Lil i Bermo?"

"Bermo? Dim diolch! – Mali'n mynd i Sbaen, Bethan i

Ffrainc a ninna i Bermo!"

Edrychodd ei mam arni. "Ma gwylia dramor yn ddrud iawn, Gwenan, ac mi fyddai'n rhaid talu i rywun arall ddod i helpu dy dad yn fy lle i."

Gwelodd Gwenan ei chyfle.

"Ma criw Carys yn mynd i Groeg am wythnos ar ôl Lefel A, ac ma nhw 'di gofyn i mi fynd efo nhw... "

Gwyddai bod ei llais yn crynu wrth iddi ofyn, a gwyddai'n iawn na fyddai ei rhieni, yn enwedig ei thad, yn fodlon iddi fynd. Gwyddai hefyd mai rhyw gynnig hanner sbeitlyd a wnaeth Carys, hithau hefyd yn gwybod na châi Gwenan byth fynd. Byddai Carys yn aml yn tynnu ei choes a'i chyhuddo o fod yn 'fabi' ac 'o dan fawd' ei rhieni.

"Dw i ddim yn meddwl basa hynny'n syniad da, Gwenan... " atebodd ei mam, "a fasa dy dad ddim... "

"Mi ro'n i'n gwybod mai dyna fasach chi'n ddeud!"

Gollyngodd ei llwy yn swnllyd i'w phowlen a rhuthrodd drwy'r drws i'w llofft.

"Wel, mi gei aros yma felly a thynnu dy bwysa pan fyddan ni'n lladd gwair," galwodd ei mam ar ei hôl cyn troi i orffen gwneud y brechdanau. Doedd tymer fain merch ddeunaw oed ddim yn mynd i'w threchu y bore 'ma.

Problem arall, wahanol iawn a boenai Gwenan mewn gwirionedd. Roedd cecru am wyliau ond yn ffordd o dynnu ei meddwl oddi ar ei gwir boen. Doedd hi ddim eisiau mynd ar wyliau efo'i rhieni, a gwyddai cyn gofyn na fydden nhw byth wedi gadael iddi fynd dramor efo'r genod. A dweud y gwir doedd dim llawer o awydd arni fynd efo nhw yn y lle cyntaf, herio i weld ymateb ei mam oedd hi. Er ei bod yn eitha ffrindiau efo'r criw oedd yn mynd i wlad Groeg, Mali oedd ei ffrind gorau, a fyddai hi ddim yn mynd.

Na, ei rhieni oedd yn achosi problemau iddi y dyddiau yma. Unig blentyn oedd Gwenan, wedi ei difetha braidd gan rieni a oedd yn hŷn ac ychydig yn fwy cefnog. Er na allai ddweud ei bod wedi ei difetha'n wirion yn faterol, roedd hi wedi'i mwytho braidd. Ei rhieni yn or-ofalus ohoni ac yn dal i feddwl amdani fel babi. Roedd hi'n cael mynd a dod fel y merched eraill, i ddisgo yr ysgol, i'r dref neu'r clwb ieuenctid, ond byddai ei rhieni bob amser yno i'w danfon ac i'w thywys adref. Ni allai ar boen ei bywyd fentro i'r tafarndai fel y lleill, er ei bod yn ddeunaw oed – rheswm arall dros edrych ymlaen at fynd i'r coleg! Roedd ei mam bob amser eisiau iddi ddweud hanes y noswaith, eisiau gwybod am bob symudiad ac anadl bron, ac er y sylweddolai mai caru ei lles oedd ei rhieni roeddent yn mynd o dan ei chroen ar brydiau. Roedd hi hefyd yn dechrau cael llond bol ar wawdio Carys a'i thebyg – mi ddangosai iddynt i gyd!

Lluchiodd Gwenan ei llyfrau ysgol rywsut-rywsut i'w bag, edrychodd ar ei horiawr a sylweddolodd y dylai gychwyn at geg y lôn i ddal y bws. Craffodd eto ar yr amser gan bendroni. Rhyw funud neu ddau cyn hanner awr wedi wyth y byddai *o'n* pasio mynedfa yr Ynys. Doedd hi ddim eisiau bod yn sefyll ar ochr y ffordd fel pe bai hi'n disgwyl ei weld. Byddai Mali yn ei chynghori i beidio ag ymddangos yn rhy awyddus, ac i gerdded yn hamddenol tuag at y lôn.

'O'r gora,' meddai wrthi'i hun, 'dyna wna i.'

Estynnodd am ei siwmper ac aeth i lawr y grisiau. Roedd ei mam wedi gosod ei bocs bwyd ar y bwrdd bach wrth y drws. Stwffiodd y bocs i'w bag, aeth am y drws ffrynt ond trodd yn ôl at y gegin gan daro'i phen heibio'r drws.

"Sori, Mam." meddai.

Trodd Catrin Morris oddi wrth ei gorchwyl o olchi'r llestri a gwenodd. Ni allai ddal dig.

"O'r gora. Mi drefnwn ni rywbeth Gwen. Dos rŵan neu mi fyddi di'n hwyr."

"Hwyl." Ac i ffwrdd a'r ferch i wynebu'i hwythnos olaf fel disgybl chweched dosbarth yn Ysgol Pen Rhiw.

Cerddodd Gwenan i fyny'r ffordd at y lôn fawr gan edrych ar ei horiawr bob yn ail eiliad. Hyd yn oed yn ei gwisg ysgol o sgert a siwmper frown tywyll, edrychai yn ddeniadol. Roedd ei gwallt hir tonnog o liw collen yn disgleirio yn yr haul, ei choesau hir siapus yn dechrau troi'n euraidd wedi iddi fod yn adolygu allan yng ngwres Mehefin. Petai hi'n cerdded yn rhy gyflym, meddyliodd, byddai'n ymddangos fel pe bai'n aros amdano fo, mwy araf a byddai'n ei golli.

Dyfan Hughes. Dwy ar hugain oed. Tal, gwallt du cyrliog a'r llygaid glasaf a welsai erioed. Perchen beic modur a phrentis mecanig. Er ei fod yn byw yn y pentref ers i Gwenan gofio, doedd hi ddim yn ei adnabod yn dda. Roedd o'n hŷn wrth gwrs, ac yn cymdeithasu mewn llefydd gwahanol i'r rhai y byddai hi'n mynd iddyn nhw. Cofiai'r tro cyntaf iddi sylwi arno go iawn. Roedd hi wedi mynd i ddawns y Ffermwyr Ifanc mewn gwesty yn y dref rhyw chwe mis yn ôl, a chyn diwedd y noson fe ddaeth Dyfan a'i ffrindiau i mewn. Roeddynt wedi bod yn yfed cryn dipyn cyn cyrraedd ac ofnai rhai y byddent yn codi twrw. Er eu bod yn uchel eu cloch ni chafwyd helbul o gwbl. Roedd Gwenan yn sefyll ychydig oddi wrth y bar pan ddaeth Dyfan ati. Edrychodd yn hir arni a gallai deimlo ei hun yn cochi at ei chlustiau. Plygodd ei ben at ei chlust gan ddweud, "Mi faswn i'n gofyn iti ddawnsio tasa gen i ddim dwy droed chwith."

Ar hynny daeth Carys atynt, hithau yn eitha meddw, gan ddweud, "Hei, Dyfan Hughes, tyrd i ddawnsio efo chwaer dy ffrind gora," cyn ei dynnu tuag at oleuadau'r disgo.

Erbyn iddynt ddawnsio drwy dair neu bedair cân, gwelodd Gwenan ei bod yn amser iddi fynd gan bod ei thad yn dod i'w nôl.

'Rwyt ti'n ffŵl, Gwenan Morris,' meddai wrthi'i hun. 'Chymerith o ddim sylw o ferch ffarm fel ti.'

Clywodd y sŵn ymhell cyn iddo gyrraedd. Injan yr Honda yn diasbedain ar hyd lonydd cul y wlad. Roedd hi o fewn canllath i geg y lôn.

"Damia," meddai, "dyna fi wedi'i golli."

Peidiodd â prysuro'i chamau rhag iddo ddigwydd edrych i'w chyfeiriad a'i gweld yn rhuthro. Daeth y rhuo swnllyd yn agosach fyth, yna tawelu fel pe bai'n arafu, a stopio i sgrech gan grafu cerrig mân o flaen arwydd yr Ynys.

Teimlai Gwenan fel pe bai ei chalon am stopio.

Edrychodd arno'n tynnu'i helmed. Estynnodd y tu cefn iddo gan dynnu helmed arall allan o rhyw gist o dan y sedd. Gwenodd arni'n ddireidus, fflach ei lygaid glas yn trywanu ei choesau'n jeli.

"Haia!" meddai. "Ti isio reid i'r ysgol?"

***

Tynnodd Cledwyn Morris ei welingtons wrth y drws cefn cyn mynd i'r tŷ. Roedd wedi gweithio dwyawr yn barod ac yn ysu am baned o de.

"Gwenan 'di mynd?"

"Do, ers rhyw chwarter awr. Gymeri di damaid o dost neu frechdan cig moch?"

"Na, dim diolch, 'mond panad." Edrychai Cledwyn yn bryderus.

"Oedd Gwenan yn iawn?" gofynnodd i'w wraig.

"Iawn?" Trodd hithau ato, y tebot yn ei llaw. "Be ti'n feddwl 'iawn'?"

"Wel, ti'n gwybod – hwylia da a ballu?"

"Oedd am wn i, heblaw am gwyno nad ydan ni'n cael gwylia eto 'leni. Pam felly?"

"Dim. Dim rheswm ond rhyw feddwl… "

Ysgydwodd Catrin Morris ei phen a throi yn ôl i wneud y baned. Roedd pryder ei gŵr ynglŷn â Gwenan yn ei phoeni weithiau, a theimlai ei fod yn aml yn rhy llym efo hi. Roedd wedi ceisio ei ddarbwyllo ond ni fynnai wrando arni gan ddweud mai pryder naturiol tad am ferch ifanc yn ei harddegau ydoedd.

"Ydi hi'n sôn am rhyw fechgyn a phetha felly efo ti?" Parhaodd ei gŵr â'i holi.

"Wel weithia… dim yn ddiweddar. Mi fuo hi'n sôn am rhyw fachgen sy efo hi yn y chweched dro yn ôl, ond wn i ddim be ddaeth o hynny heblaw eu bod yn ffrindia. Cledwyn, pam wyt ti'n holi?"

Eisteddodd Cledwyn wrth y bwrdd.

"Gweld, neu'n hytrach clywed y Dyfan Hughes 'na ar ei foto-beic yn ben lôn ddwywaith wythnos diwetha, ac eto heddiw. Fedra i ddim diodda meddwl ei fod o'n cyboli o gwmpas Gwenan."

"O Cledwyn! Paid â rwdlan. Fasa Gwenan ddim yn edrych ddwywaith arno fo. Mynd i'w waith ma'r hogyn.

Mi rwyt ti'n gwybod 'i fod o'n gneud 'i brentisiaeth yn garej Sam?"

"Os wyt ti'n deud. Ond well i ti gael gair efo hi rhag ofn."

"Yfa dy banad wir. Ac yli, cymera ddarn o dost i lenwi tipyn ar y bol 'na. Dw i'n siŵr fod chwant bwyd yn dy yrru di'n hurt!"

***

Pan stopiodd Dyfan Hughes ar ben y lôn ac estyn yr helmed sbâr tuag at Gwenan, meddyliai hi y byddai'n marw yn y fan a'r lle. Peidiodd ei chalon â churo, ni allai symud ei choesau nac yngan yr un gair. Gwibiai cwestiynau yn benbleth drwy'i phen.

Beth petai ei rhieni yn ei gweld? Ble allai hi roi ei bag? Sut oedd hi'n mynd i eistedd y tu cefn iddo mewn sgert gwta? Beth petai o'n cael damwain? Beth olygai hyn?

Cerddodd tuag ato, ei choesau'n gweithio unwaith eto, ond ei cheg dal yn methu dweud gair.

"Be sy, ofn wyt ti?" Heriai ei lygaid gleision hi, ac roedd ei lais yn isel a rhywiol.

"Y... na... wn i ddim." Teimlai mor fabïaidd.

"Duw, a finna'n meddwl eich bod chi betha ffarm wedi arfer efo tractors a ballu."

"Wel... y... naddo; fydda i ddim yn cael gyrru'r tractor."

Gwelodd ei wên a dechreuodd deimlo ei fod yn chwerthin am ei phen.

"Wel, ma moto-beic yn haws i'w reidio na thractor w'st ti. Jyst camu drosodd, gneud yn siŵr dy fod ti'n agor dy goesau yn llydan, eistedd arno fo a chau dy gluniau yn dynn, gwasgu dy goesau un bob ochr..." Wrth iddo siarad edrychodd ar ei choesau hirion, roedd ystyr arall ei eiriau yn llosgi ei gruddiau.

Gwelodd Dyfan ei bod yn anghyfforddus, camodd oddi ar ei feic tuag ati ac anwesodd ei gruddiau cynnes â blaenau ei fysedd. Safai'n agos agos ati ac edrychodd i fyw ei llygaid. Yn sydyn gafaelodd yn ei llaw.

"Tynnu dy goes di ydw i. Tyrd yn dy flaen. Mae'n hawdd, mi gei di afael amdana i. Mi fyddi di'n yr ysgol mewn chwinciad."

***

Doedd hi ddim wedi bwriadu mynd efo fo ar y beic y tro cyntaf hwnnw – dim ond eisiau ei weld o'n pasio pen y lôn oedd hi. Wedi iddo'i gollwng o flaen yr ysgol a phawb yn edrych arni o glywed sŵn refio y moto-beic, gwyddai fod ei gruddiau'n goch, goch, a sylweddolai mai nid effaith y gwynt ar ei hwyneb oedd y gwrid. Daliai i deimlo meddalwch ei siaced ledr rhwng ei bysedd, ei gluniau cryf yn erbyn ei chluniau hi wrth iddi eistedd y tu cefn iddo'n agos, agos.

Doedd hi ddim wedi bwriadu mynd efo fo ar y beic y bore trannoeth ychwaith, na'r boreau canlynol hyd at ddiwedd yr wythnos, ond roedd hi wedi mwynhau bob eiliad. Ni fu trefniant o gwbl rhyngddynt – digwyddai fod yno'n disgwyl amdani bob bore. Daliai i dynnu ei choes a daliai hithau i fod yn swil, ond llwyddodd i wneud iddi chwerthin. Roedd y beic yn sgleinio bob dydd a theimlai'n falch ei fod yn ceisio creu argraff arni. Gwyddai o'r cychwyn nad oedd wiw iddi sôn wrth ei rhieni am hyn, nid ei bod yn gwneud dim o'i le, ond tybiai pawb yn y pentre fod Dyfan Hughes yn un gwyllt iawn – ac yn anffodus gwyddai fod ei rhieni o'r un farn.

Ni fu'n rhaid i Gwenan bryderu am ddweud wrth ei rhieni. Pan ddaeth adref o'r ysgol brynhawn dydd Gwener deallodd fod rhywun wedi achub y blaen arni.

Roedd ei diwrnod olaf yn yr ysgol cyn ei harholiadau wedi bod yn weddol ddi-gynnwrf. Cawsant araith gan y Prifathro ynglŷn â pharhau i weithio'n galed dros yr wythnosau nesaf ac roedd amryw o'r merched yn ddagreuol iawn.

Pan gyrhaeddodd Gwenan adref roedd ei rhieni yn eistedd wrth fwrdd y gegin, a gwyddai fod rhywbeth yn bod. Edrychai ei thad yn eithaf blin; ni ddywedodd air ond syllu arni.

"Sut aeth y diwrnod ola?" holodd ei mam. Roedd tôn ei llais yn swnio'n bryderus.

"Iawn, diolch. Dim byd arbennig."

"Gyrhaeddist ti'r ysgol ar amser heddiw, Gwenan?" Edrychodd ei thad i fyw ei llygaid.

Sythodd Gwenan gan godi ei phen. "Do siŵr, fel pob diwrnod arall."

Cododd ei mam ar ei thraed.

"Gwenan, tyrd i eistedd lawr fama. Mae dy dad a fi eisiau siarad efo ti."

Rhoddodd Gwenan ei bag ar y llawr a thynnodd gadair iddi ei hun. Gallai weld bod tymer drwg ei thad yn gwneud ei mam yn nerfus.

"Ma busnes y Dyfan Hughes 'ma... "

"Doli Pritchard fu yma pnawn 'ma... "

Siaradodd ei thad a'i mam ar unwaith.

"A be ma honno wedi bod yn ei ddeud?" gofynnodd Gwenan yn siarp.

"Deud dy fod ti wedi mynd heibio'i thŷ hi efo'r hogyn

'na ar gefn ei foto-beic," atebodd ei thad.

"Ma ganddi hi lygaid craff iawn i nabod pobol yn pasio ar foto-beic," meddai Gwenan.

"Ti oedd hi?" gofynnodd ei mam.

"Ia. A be sy o'i le mewn cael reid gan rhywun i'r ysgol. Mae'n well na mynd ar yr hen fys myglyd 'na, ac mi rydach chi'n rhy brysur i fynd â fi." Edrychodd yn flin ar ei thad.

"Paid ti â…" dechreuodd ei thad pan dorrodd ei wraig ar ei draws.

"Yli, Gwenan. Poeni dy fod ti'n ymhel â'r hogyn 'na mae dy dad a fi. Mi wyddost ti be mae pobol yn ei ddeud amdano fo."

"Na wn i. Fydda i ddim yn gwrando!"

"O, Gwenan… "

"A phrun bynnag, ddyliach chi ddim gwrando ar be ma pobol yn ddeud heb nabod y person!"

"Wel, pa mor dda wyt ti'n ei nabod o, Gwenan?" holodd ei thad yn chwyrn, "i warantu cymryd pas ganddo fo?"

Roedd distawrwydd am ennyd, a gwridodd Gwenan wrth feddwl am y tro cyntaf hwnnw.

"Gofyn faswn i'n lecio lifft wnaeth o pan o'n i'n disgwyl y bys. Ro'n i'n meddwl y basa fo'n hwyl. Mi wnes i fwynhau ac mi ro'n i'n gwisgo helmed – rhag i chi feddwl 'mod i mewn peryg."

Distawrwydd eto. Edrychodd Cledwyn Morris ar ei wraig cyn dweud yn bwyllog.

"Wel, Gwenan, mae dy fam a fi wedi penderfynu y byddai'n well iti wrthod reid o hyn ymlaen… "

Ffrwydrodd Gwenan.

"Penderfynu! Grêt! Mi rydach chi wedi penderfynu drosta i. A be amdana i! Be sy a wnelo hyn â fi? Ydach chi'n sylweddoli mai mynd ar y beic wnes i am 'mod i *isio* mynd. Ddaru o ddim fy ngorfodi i!"

Safodd ei mam ar ei thraed unwaith eto gan afael yn
ei merch a oedd bellach wedi codi oddi wrth y bwrdd, y
gadair wedi ei lluchio'n ôl yn wyllt.

"Dyna ddigon, Gwenan! Gwranda!"

Trodd Gwenan i edrych arni.

"Na, wna i ddim. Dw i wedi cael llond bol arnoch chi'n
fy nhrin i fel babi. Gadewch llonydd i mi!"

Ar hyn rhedodd drwy'r drws a chlywodd ei rhieni hi'n
mynd i fyny'r grisiau.

Cododd ei thad i'w dilyn.

"Na. Paid Cledwyn. Mi ga' i air efo hi wedyn."

***

Arhosodd Gwenan yn ei hystafell fwy neu lai drwy'r
penwythnos. Cymerodd arni ei bod yn adolygu, ond ni
allai ganolbwyntio. Gwyddai ei mam hynny hefyd wrth
sylwi ar ei llygaid coch.

"Mae'n rhaid i ti ddeall, Gwenan," meddai, "meddwl
am dy les di ydan ni."

Nid oedd Gwenan am fychanu ei hun a lleddfu ofnau
ei mam gan gyfaddef nad oedd dim rhyngddi hi a Dyfan,
dim mwy na reid ar y beic – gan fod hynny yn hollol groes
i'w dyheadau hi.

Er bod Dyfan wedi ei danfon i'r ysgol bob dydd yr
wythnos flaenorol, dyna'r unig gysylltiad fu rhyngddynt
hwy. Parhâi ei gellwair â hi, a'i fflyrtio, a theimlai hithau
yn fwy cyfforddus yn ei gwmni. Er na chawsant lawer o
gyfle i siarad, roedd y ffordd yr oedd yn ei hebrwng ar y
beic wedi rhoi cip iddi o'i deimladau tuag ati ac yn dangos
rhyw anwyldeb na wyddai Doli Pritchard na'i rhieni

amdano. Ond, ni awgrymodd gyfarfod gyda'r nos, serch hynny, ac roedd hithau'n rhy swil i gynnig. Brifai hyn Gwenan yn llawer mwy na bygythiadau ei rhieni, a dyma oedd achos ei dagrau.

Sylweddolai bellach y byddai'n rhoi y byd am gael mynd allan efo fo – beth bynnag oedd teimladau ei mam a'i thad.

Pennod 2

Yn ystod wythnos gyntaf ei harholiadau ni welodd Gwenan Dyfan o gwbl. Roedd hi wedi crybwyll wrtho yn ystod eu sgyrsiau prin pa ddiwrnodau y byddai'n mynd i'r ysgol, ond heb drafod y peth yn iawn. Cafodd yr argraff bod y ffaith na fyddai'n ei gweld hi bob dydd yn ei blesio, ond wnaeth o ddim achub ar y cyfle i drefnu oed arall. Ceisiodd Gwenan berswadio ei hun mai bod yn ystyriol o'i phwysau gwaith adolygu oedd o, ac eto ni chrybwyllodd erioed ei gwaith ysgol, dim hyd yn oed i ofyn sut oedd pethau'n mynd. Roedd hi'n siomedig pan gyrhaeddai geg y lôn a bod dim golwg ohono. Hwyrach ei bod hi wedi camddeall yr arwyddion. Efallai mai ond bod yn glên oedd o ac mai hi oedd wedi dychmygu y ffordd yr edrychai arni, y ffordd y tynnai ei breichiau yn dynnach amdano a'r ffordd y cyffyrddodd ei chlun sawl tro wrth ei helpu oddi ar y beic. Na. Mi roedd o'n annwyl, waeth beth feddyliai ei rhieni.

Roedd hi'n byw o ddiwrnod i ddiwrnod, ei gobaith am ei weld drannoeth yn ei chynnal. Hwyrach y byddai Dyfan yno fory. Wrth edrych yn ôl, ni wyddai Gwenan sut y gallodd sefyll yr arholiadau, rhyw hanner adolygu oedd hi wedi ei wneud a dweud y gwir – roedd ei meddwl ymhell i ffwrdd.

Ac yna fe ddaeth yr arholiad olaf. Addysg Grefyddol –

a phapur gweddol deg wrth rhyw lwc – ar brynhawn Mercher braf, cynnes.

Daeth Gwenan allan o'r ysgol gyda'i ffrindiau, yn hwyliog ar ddiwedd yr arholiad ac yn trafod y papur a'u gobeithion o basio.

Pwniodd Mali Gwenan yn ei braich.

"Yli. Mae dy dacsi di wedi cyrraedd."

Edrychodd Gwenan i gyfeiriad y giât, a dyna lle'r oedd Dyfan yn sefyll wrth y moto-beic – ei ddillad lledr, crys-t gwyn a'i sbectol haul yn gwneud iddo edrych fel rhywbeth allan o *Grease*. Teimlodd Gwenan ei hun yn mynd yn wan. Synhwyrodd Mali hyn.

"Smalia dy fod ti ddim wedi ei weld o ac mi gerddwn ni at y giât."

Cerddodd y ddwy yn hamddenol, ond gwyddai Gwenan ei fod yn gwybod yn iawn ei bod wedi ei weld.

Yn sydyn clywodd lais yn gweiddi o'r tu cefn iddi.

"Hei Dyf. Siawns am lifft?" Llais hyderus Carys.

Chwarddodd Dyfan. "Na, dim heddiw, sori gorgeous."

Gallai Mali weld fod ei ffrind yn teimlo'n annifyr.

"Gwenan." Galwodd Dyfan ei henw wrth iddynt basio.

"O, haia," atebodd hithau.

"Pas adra?"

"Ia. Iawn. Diolch."

Erbyn hyn roedd Carys wedi agosáu ac wedi deall y sefyllfa.

"Hei, Dyf, watsia di hon. Ma hi rêl un!" Ac i ffwrdd â hi dan chwerthin.

"Paid â chymryd sylw ohoni," meddai Mali. "Mae hi wedi mynd yn hen ast fach yn ddiweddar."

"Wela i di, Mali. Mi ffonia i di."

"Iawn," atebodd honno. "Hwyl i chdi!" ychwanegodd yn awgrymog.

Gwyliodd Gwenan hi'n mynd ac yna cerddodd tuag at Dyfan.

Tynnodd ei sbectol haul ac edrychodd yn ddwys arni. Gafaelodd yn ei llaw ac yna cusanodd hi'n dyner ar ei gwefusau. Ni allai Gwenan ond prin anadlu a theimlodd yn gynnes drwyddi a rhyw gynhyrfiadau rhyfedd yng ngwaelod ei bol.

"Dw i wedi bod isio gneud hynna ers amser," meddai Dyfan.

"Pam na wnest di?" gofynnodd hithau.

"Ofn dy ddychryn di i ffwrdd – ond dwyt ti ddim yn hogan ysgol rŵan."

Chwarddodd hithau; "Fel tasa hynna'n dy stopio di."

"Be am i ni drio eto?"

Dechreuodd ei chusanu eto, ond clywodd hi rai o'r genethod yn chwerthin wrth fynd heibio. Tynnodd oddi wrtho. Synhwyrodd yntau ei hanniddigrwydd a gafaelodd yn ei gwallt gan ei dynnu'n sydyn fel bod ei phen yn gwyro'n ôl ac yntau'n pwyso yn ei herbyn. Cusanodd hi'n galetach gan frathu'i gwefus ac yna gollyngodd hi. Am ennyd roedd rhyw olwg wyllt yn ei lygaid, ac yna gwenodd.

"Dw i wedi gweld dy golli di, Gwenan."

Gwenodd hithau, ac wrth wneud blasodd ychydig o waed yn llifo o'i gwefus isaf. Ni wyddai sut i ymateb.

"Ty'd, dim sioe i blant ysgol ydan ni."

Pasiodd helmed iddi, a dringodd hithau ar y beic y tu ôl iddo. Gafaelodd am ei ganol yn dynn a phwysodd ei hwyneb ar gefn ei ysgwydd, roedd arogl y lledr yn ei gwneud yn benysgafn. Gyrrodd yn gyflym, ac ymhen dim roeddynt wedi cyrraedd pen y lôn i'w chartref.

Camodd Dyfan oddi ar y beic ond ni wnaeth ymdrech i'w helpu hi i lawr. Parhaodd i edrych arni. Tynnodd ei helmed oddi ar ei phen, ac yna rhoddodd ei law ar ei choes uwchben ei phen-glin, ei fysedd yn chwarae â'r croen dan odre ei sgert.

"Dw i isio dy weld di heno."

Ni allai Gwenan gredu ei fod yn dweud y geiriau yr oedd hi wedi breuddwydio eu clywed ers cyhyd. Gallai deimlo'r dagrau yn cosi ei llygaid wrth iddi roi ateb iddo.

"Fedra i ddim."

Edrychodd arni, y siom yn amlwg.

"Pam?"

"Mam a Dad. Maen nhw wedi trefnu i fynd â fi allan heno. Dathlu diwedd yr arholiadau." Teimlai ei hun yn cochi eto, yn lletchwith ac yn anaeddfed. Mynd allan efo Mam a Dad.

Tynnodd Dyfan ei law oddi ar ei choes a chwarddodd yn uchel.

"Wel, does 'na neb erioed wedi gwrthod mynd allan efo fi o'r blaen, ac am reswm mor wirion."

Llwyddodd ei eiriau i wneud iddi deimlo'n fwy anaeddfed fyth.

"Sori. Mi faswn i yn licio dy weld di."

Peidiodd y chwerthin. Cyffyrddodd â'i hwyneb.

"Fory 'ta."

"Fory?"

"Ia. Mi rwyt ti wedi gorffen dy arholiadau, yndo?"

"Do... ond ti'n gweithio."

"Mae gen i awr ginio fel pawb arall... "

"Oes, ond... "

"Ond be, Gwen?" Ni alwodd hi'n Gwen o'r blaen.

"Wel, dydi petha ddim yn hawdd... ac ma Mam... "

Rhoddodd ei law ar ei cheg i'w thawelu, ei wyneb yn agos at ei hwyneb hi, ei lygaid yn treiddio i mewn iddi.

"Tydi Mami a Dadi ddim isio i ti neud dim efo fi. Nac ydyn." Roedd ei lais yn goeglyd, a golwg wedi brifo yn ei lygaid. Gwyddai yn iawn beth oedd barn pobl 'barchus' y pentref amdano, yn enwedig ffermwyr fel teulu Gwenan.

Ni atebodd Gwenan. Gwyddai fod yn rhaid iddi wneud rhywbeth, neu byddai yn ei golli. Synnodd ei hun drwy ddweud yn yr un dôn ag ef, "Ond bydd Mami a Dadi yn y farchnad yfory – drwy'r dydd."

Gwenodd Dyfan wrth weld ei hyfdra.

"Iawn felly. Ond lle?"

Doedd Gwenan ddim am fynd i unlle fyddai'n rhoi cyfle i Doli Pritchard a'i thebyg eu gweld a chario straeon eto. Roedd hi wedi mynd cyn belled ag addo i'w gyfarfod, ac ni fynnai dynnu'n ôl.

"Chdi ydi'r un efo'r beic. Be am fynd am reid?"

"Wyt ti'n siŵr?"

"Ydw," atebodd Gwenan. Gwyddai'n bendant ei bod eisiau gweld mwy ar Dyfan er bod hyn yn groes i ewyllys ei rhieni. Gwyddai hefyd bod yn rhaid iddi ddweud wrtho nad oedd pethau'n mynd i fod yn hawdd.

"Yli, Dyfan," dechreuodd yn swil. "Dw i ddim wedi deud wrth Mam a Dad eto achos… wel, doedd 'na ddim i'w ddeud heblaw am reid i'r ysgol; a hefyd… wel… "

"Fasan nhw ddim yn hapus." Gorffennodd Dyfan y frawddeg iddi.

Gwyddai Gwenan fod yn rhaid iddi fod yn onest.

"Na fasan." Ni allai edrych i'w wyneb.

Rhoddodd Dyfan gic i olwyn y beic nes y bu bron i Gwenan ddisgyn oddi arno.

"Blydi hel!" meddai Dyfan yn flin ac yna trodd i'w hwynebu "Gwenan. Wyt ti isio mynd allan efo fi?"

Er ei fod wedi codi ofn arni roedd ei hateb yn bendant,

"Oes, Dyfan. Dw i isio mynd allan efo ti."

Gwenodd arno wrth ateb a camodd yntau ati a'i chofleidio.

"Sori am dy ddychryn di Gwen. Mi dw i yn dy licio di, lot fawr, a dw i ddim mor ddrwg a ma pobol fel yr ast Doli Pritchard 'na'n ddeud."

Helpodd hi i lawr oddi ar y beic.

"Yli, cymera di fys at Ben Braich, ac mi fydda i'n dy ddisgwyl di'n fanno ar y beic. Iawn?"

"Ocê," atebodd hithau. "Faint o'r gloch?"

"Fedri di fod yno erbyn hanner dydd?"

"Medraf."

Gwenodd y ddau ar ei gilydd.

"Tan fory 'ta," meddai Gwenan.

Atebodd Dyfan hi â chusan, ac yna heb ddweud gair neidiodd ar y beic, ac i ffwrdd â fo. Gwyliodd Gwenan o'n mynd, ac yna rhedodd i fyny'r lôn at y tŷ. Tybiodd ei mam, a oedd yn aros amdani, mai gorffen yr arholiadau oedd achos ei hwyliau da, a thrwy gydol y noson ni allai Gwenan beidio â gwenu wrth ei hun wrth feddwl am y diwrnod canlynol.

***

Erbyn i Gwenan godi drannoeth roedd ei rhieni wedi cychwyn am y farchnad, felly ni fu'n rhaid iddi ddweud yr un gair am ei chynlluniau. Byddai adref ymhell cyn iddyn nhw gyrraedd yn eu holau. Llwyddodd i ddal bws a aeth â hi at Ben Braich erbyn pum munud i hanner dydd. Roedd Dyfan yno'n barod. Roedd yntau wedi llwyddo i gael dwyawr i ginio gan wneud iawn am hyn wrth ddechrau ei waith am hanner awr wedi saith y bore.

Gwibiodd y beic i Fae Porthmon a oedd rhyw ddeng milltir i ffwrdd. Wedi iddynt gyrraedd pryfrociodd Gwenan,

"Mi faswn i 'di dod â 'ngwisg nofio taswn i'n gwybod."

"Na," atebodd Dyfan, " 'dan ni ddim yn mynd i lawr i'r traeth. Mi gerddwn ni ar hyd y topia i ni gael llonydd. Er, mi fasa'n neis dy weld di mewn bicini!" Ar hyn plygodd ei ben a'i chusanu'n dyner ar ei gwefusau. Cusanodd hi'n araf gan ei thynnu yn dynn ato, ac yna trodd ei gusanau'n galetach, ei law yn anwesu'i gwddf ac yna'n treiddio drwy'i gwallt. Teimlodd Gwenan ei hun yn mynd yn hollol benysgafn ac yna gollyngodd Dyfan hi'n sydyn.

"Ty'd wir", meddai "cyn inni gael ein arestio."
Gafaelodd yn ei llaw a'i thynnu ar ei ôl dros y clogwyni heb ddweud gair. Roedd yr haul yn boeth a'r môr yn edrych yn hyfryd oddi tanynt. Wedi cerdded am rhyw bum munud, gofynnodd Dyfan,

"Fanna?"

"Be?" atebodd hithau.

"I roi'n tinau i lawr?"

Edrychodd Gwenan ar y llecyn o wair braf yng nghysgod craig.

"Ia, iawn."

Tynnodd Gwenan ei bag oddi ar ei chefn ac estynnodd liain ohono gan ei daenu ar y ddaear iddynt gael eistedd arno.

"Steil," meddai Dyfan gan eistedd i lawr yn drwm a'i thynnu hithau i'w ganlyn.

Cusanodd hi eto, a'r tro yma teimlodd Gwenan ei law yn cyffwrdd yn ysgafn yn ei bron. Saethodd pinnau mân drwyddi, ac roedd y teimlad mor bleserus fel y closiodd ei chorff yn agosach ato er mwyn tynhau'r pwysau.

"Mmm… Gwenan," gruddfanodd Dyfan gan dynnu oddi wrthi, "mi dw i 'di breuddwydio am hyn ers pan welais i chdi yn y ddawns Ffermwyr Ifanc."

"Paid â rwdlan," atebodd Gwenan, "Carys oedd yn mynd â dy fryd di y noson honno!"

Edrychodd Dyfan i fyw ei llygaid, "Chwaer fach ffrind i mi ydi Carys, mi rwyt ti'n wahanol."

Y tro yma Gwenan a afaelodd yn Dyfan a'i gusanu. Ni allai o fyth ddychmygu pa mor falch oedd hi o glywed ei eiriau. Ei dewis hi o flaen Carys! O mor braf fyddai cael bod wedi dweud hynny wrth y ferch a'i gwawdiai hi mor aml.

"Oes 'na rywun erioed wedi deud wrthat ti dy fod ti'n uffar o fodan?" gofynnodd Dyfan.

Chwarddodd Gwenan o glywed ei eiriau, roedd hi mor hapus.

"Nag oes siŵr," atebodd.

"Wyt ti'n siŵr?"

Roedd golwg ddifrifol iawn ar wyneb Dyfan wrth ofyn y cwestiwn.

"Wel, ydw… "

Roedd yr olwg ddifrifol yn dal ar ei wyneb ac fe chwalodd swigan hapusrwydd Gwenan.

"Pam wyt ti'n… "

Chafodd hi ddim gorffen ei chwestiwn.

"Wyt ti wedi bod efo lot o hogia?"

"Na, dim llawer," atebodd yn araf.

"Faint ydi llawer?"

"Wel, mi ro'n i'n ffrindia efo Gwyn yn y chweched llynedd, ond… wel, dim ond ffrindia oedden ni go iawn."

"Neb felly? Fi ydi'r cynta?"

Teimlai Gwenan yn anaeddfed ac yn hollol ddibrofiad

unwaith eto, a cheisiodd wneud esgusion.

"Mi roedd gen i lawer o waith ysgol a... "

Torrodd Dyfan ar ei thraws.

"Grêt," meddai.

"Grêt?"

"Ia. Faswn i ddim isio i ti ddeud bod 'na neb arall wedi bod."

Plannodd glamp o gusan ar ei gwefusau, ac am y tro cyntaf teimlodd Gwenan yn falch na fu ganddi erioed gariad tan hyn.

Roedd yn edifar gan y ddau ohonynt pan ddaeth yn amser iddynt adael Bae Porthmon er mwyn i Dyfan gael dychwelyd i'w waith. Roedd o'n daer i Gwenan fynd yn ôl gydag o ar y beic, ond gwrthododd hithau rhag ofn iddi gael ei gweld. Byddai hynny'n difetha'r prynhawn perffaith.

"Mi fydda i'n iawn yn disgwyl am y bys," meddai, "mae'n braf, ac mi ga' i 'chydig mwy o liw haul wrth sefyllian."

"Ond paid â siarad efo rhyw hogia hyd y lle 'ma."

"Wna i ddim siŵr."

Pan gyrhaeddasant y beic roedd hi'n anodd iawn ffarwelio.

"Felly mae dy rieni'n mynd i'r farchnad bob dydd Iau?" holodd Dyfan.

"Ydyn, fel arfer," atebodd hithau. "Mi fedra i dy weld di fel hyn bob wythnos, os lici di."

"Grêt. Ond ma'n rhaid i mi gael dy weld di eto yn fuan, Gwen. Fedra i ddim aros tan dydd Iau nesa. Be am gyda'r nosau?" gofynnodd Dyfan.

"Wel, mi fedrwn i ddeud 'mod i efo Mali... dw i'n siŵr

y basa hi'n fodlon hefyd... "

"Plîs, Gwen. Nos fory?"

Teimlai Gwenan yn llwfr iawn nad oedd yn dweud wrth ei rhieni, ond allai hi ddim wynebu ffraeo ar hyn o bryd. Roedd aros am ei chanlyniadau Lefel A yn ddigon o straen.

"Mi ddweda i wrthyn nhw ar ôl canlyniadau yr arholiadau." Siaradodd ei meddyliau'n uchel.

"Ta waeth am hynny rŵan. Nos fory?"

"Ia, iawn. Yn lle?"

"Ty'd i fyny'r llwybr heibio siop Robat Wilias, reit i fyny i dop y ffridd. Ti'n gwybod lle dw i'n feddwl?"

"Ydw. Faint o'r gloch?"

"Hanner awr wedi saith, a paid â bod yn hwyr. Mi fydda i'n disgwyl amdanat ti."

"Iawn. Ac os fydda i ddim yna... "

"Mi fyddi di yna, Gwenan." A chyda hynny tynnodd yr helmed am ei ben, refiodd y beic a gyrrodd i ffwrdd yn gyflym oddi wrthi.

***

Yn ffodus, cytunodd Mali i ddweud bod Gwenan gyda hi y noson ganlynol petai rhywun wedi gofyn; ac roedd ei mam mor falch o'i gweld yn mynd allan a chael ychydig o hwyl wedi misoedd o adolygu caled.

Llwyddodd Gwenan a Dyfan, gyda help Mali, i gyfarfod cryn dipyn yn ystod yr wythnosau yn dilyn y daith i Fae Porthmon, a hynny heb i neb o gwbl eu gweld. Ond daeth diwedd ar eu lwc dda. Roedd Mali yn cychwyn am Sbaen gyda'i rhieni ac ni fyddai gan Gwenan esgus dros fynd allan mwyach.

"Biti," meddai Dyfan pan ddywedodd Gwenan wrtho y byddai yn anodd iddi ei gyfarfod. "A ninna'n dod ymlaen mor dda."

Roedd rhyw dinc edifar yn ei lais a daeth panig dros Gwenan wrth feddwl y gallai pethau ddod i ben.

"Ond mi fedrwn ni... "

"Mi fedrwn ni be, Gwenan," atebodd yntau. "A chditha'n cau'n glir â deud wrth dy fam a dy dad... wel... be fedrwn ni neud?"

Sylweddolodd Gwenan fod yn rhaid iddi wneud rhywbeth neu byddai'n siŵr o'i golli.

"Mae 'na rywle," meddai'n ddistaw.

"Be ddwedist ti?" gofynnodd Dyfan.

"Mae 'na rywle y gallwn ni fynd, rhywle lle na welith neb mohonon ni."

"Lle felly?"

"Yr Hafod."

"Y tŷ 'na, ar y ffordd allan o'r pentra?" Edrychodd Dyfan yn hurt arni fel pe bai o'n methu deall pam na chrybwyllodd hi'r fan honno o'r blaen.

"Ia. Tŷ Dewyrth Siôn. Ti'n gwybod lle mae o?"

"Ydw'n iawn. Ond pam na ddwedist di am fanno o'r blaen? A ninna wedi bod yn cuddio mewn rhyw blydi caeau am dy fod ti ofn trwy dy din i rhywun ein gweld ni... "

Roedd o'n flin, a hithau'n trio meddwl am unrhyw ffordd i adfer ei hwyliau.

"Do'n i ddim yn barod yn nag oeddwn"

Sylweddolodd y ddau ohonynt ar unwaith arwyddocâd ei geiriau. Edrychodd y ddau yn fud ar ei gilydd. Gwenan dorrodd y distawrwydd.

"Ond mi rydw i rŵan."

Gwenodd Dyfan arni, ei chofleidio a'i gwasgu'n dynn. Byseddodd ei gwallt a'i chusanu.

"Gwenan, Gwenan," sibrydodd yn isel, "mi dw i isio chdi gymaint."

Roedd ei dymer fain wedi pasio a theimlai Gwenan yn gysurus yn ei freichiau.

"Pryd?" gofynnodd.

"Mae hi'n ddydd Iau fory," atebodd hithau.

***

Cyrhaeddodd Gwenan yr Hafod ganol dydd. Roedd hi wedi siarsio Dyfan i beidio dod â'r beic ac i fynd rownd y cefn. Roedd hi wedi deffro ers oriau y bore hwnnw ond heb godi o'i gwely nes ei bod yn siŵr fod ei rhieni wedi cychwyn am y farchnad. Doedd hi ddim am wynebu cwestiynau ei mam na'i llygaid craff. Gwyddai'n iawn beth oedd hi wedi'i addo i Dyfan, ac er nad oedd am dynnu'n ôl roedd hi'n nerfus dros ben. Lleddfodd ei hofnau gyda dŵr y gawod, ac wrth seboni'i chorff hawdd oedd ail-fyw ei gyffyrddiadau a'i gusanau, a dechreuodd edrych ymlaen at ei weld.

Roedd hi wedi gwisgo'n ofalus. Siorts denim glas a chrys heb lewys pinc golau. Roedd Dyfan yn lecio'r crys yma, am ei fod yn gwneud iddi edrych yn siapus, meddai! Aeth ar ei beic i'r Hafod a'i roi yn y sied gefn wedi iddi gyrraedd. Tynnodd yr allwedd o'i phoced a chafodd dinc o euogrwydd wrth feddwl am yr hen fachgen yng nghhartref yr henoed.

Roedd arogl trymaidd, poeth yn y tŷ, ond ni feiddiai agor y ffenestri. Taenodd ei llaw dros y dodrefn a gwelodd fod haen denau o lwch yn eu gorchuddio. Dodrefn tywyll, hen oeddynt, oedd yn gweddu'r tŷ, a byseddodd hwy wrth fynd o stafell i stafell. Cofiodd am yr holl amserau y bu yma gyda'i mam hyd nes yn ddiweddar, pan aeth Dewyrth Siôn mor fusgrell fel bod yn rhaid iddo adael ei gartref a mynd i fyw at yr henoed i Llys Teg. Gwyddai pawb na ddychwelai'r hen fachgen byth i'r Hafod. Roedd gan Gwenan feddwl mawr o hen gartref ei mam, a gobeithiai na fyddai byth yn cael ei werthu.

Cyrhaeddodd ben y grisiau. I'r dde iddi roedd stafell wely ei hewythr a'r hen stafell fach sbâr a drowyd yn stafell molchi. I'r chwith roedd dwy stafell arall, a gwyddai Gwenan mai yn un ohonynt oedd yr hen wely dwbl pres, yno ers dyddiau ei thaid a'i nain. Agorodd ddrws y llofft honno, roedd gwely yng nghanol y llawr a chwrlid brodwaith amryliw hardd arno oedd yn edrych yn groesawus yn moelni'r ystafell fel pe bai yn ei gwahodd i'w deimlo. Caeodd Gwenan y drws yn sydyn a cheisiodd gau ei meddyliau rhag y darluniau a fynnai ffurfio yn ei phen. Siarsiodd ei hun rhag bod yn wirion, gan atgoffa ei hun mai ei syniad hi oedd hyn wedi'r cwbl.

Tarodd y cloc mawr un o'r gloch pan gyrhaeddodd waelod y grisiau, a chlywodd y drws cefn yn agor. Cyrhaeddodd hi a Dyfan yr ystafell fyw ar unwaith. Edrychodd arno'n swil gan deimlo'r gwrid yn poethi'i gruddiau. Gwenodd yntau. Roedd yr ystafell yn llwydaidd a thywyll gan fod y llenni wedi eu hanner cau a'r haul yn wynebu cefn y tŷ.

Gwisgai Dyfan jîns a chrys-t tywyll. Torrodd ei eiriau ar y tyndra, "Ty'd yma."

Estynnodd ei freichiau tuag ati, ac aeth hithau ato i dderbyn ei goflaid. Roedd ei freichiau'n teimlo'n braf, braf.

"Lle ma'r goriad?" gofynnodd iddi.

"Goriad?"

"Ia. I ni gael cloi y drws cefn."

"Mae o ar y sinc," atebodd hithau.

Safodd Gwenan yn ei hunfan nes iddo ddychwelyd. Edrychodd arni, ei lygaid yn fawr a thywyll. Daeth yn nes ati a chyffyrddodd a'i gwddf uwchben coler ei chrys. Ni allai Gwenan symud, ni allai ddweud gair.

"Stedda i lawr," gorchmynnodd yntau.

Eisteddodd y ddau ar y soffa, toedd hi ddim yn rhyw gyfforddus iawn a theimlai ychydig yn damp. Roedd Gwenan yn hanner siomedig nad oedd o wedi ei harwain i fyny'r grisiau. Wedi iddynt eistedd dechreuodd Dyfan anwesu'i choesau o'i thraed hyd at ei phengliniau. Roedd ei gyffyrddiad yn araf, hamddenol. Caeodd Gwenan ei llygaid. Ni phrofodd erioed y fath deimlad pleserus.

"Agor dy lygaid. Edrych arna i." meddai Dyfan

Ufuddhaodd. Roedd popeth yn hollol newydd iddi.

"Dw i wedi disgwyl oesoedd am hyn. Jyst chdi a fi. Cael gafael ynddo chdi... " Anwesodd ei bronnau i ategu ei eiriau, "Dy deimlo di... " Daliodd i anwesu ei bronnau, ei ddwylo yn awr yn gwasgu'n galetach, "A gwneud be dw i isio efo chdi."

Tynnodd hi ato gan ddechrau ei chusanu'n wyllt. Dychwelodd hithau ei gusanau yr un mor wyllt, a chyffrôdd wrth sylweddoli ei fod yn agor botymau ei chrys. Cyffyrddodd ei chroen a theimlodd wefr wrth sylweddoli ei bod wedi gwthio ei bra i fyny ac yn arwain ei law i gyffwrdd a'i bron noeth.

Roedd ei llais yn floesg, "Dw i isio chdi hefyd."

Roedd Dyfan yn awr wedi datod ei bra ac yn hanner penlinio ar y soffa i'w hwynebu. Roedd holl fotymau ei chrys yn agored ac yntau yn chwarae â'i dwy fron. Yna plygodd ei ben a dechrau ei chusanu'n ysgafn. Cododd ei phen i dderbyn ei wefusau a trodd y gusan yn un hir ddofn. Parhaodd i fwytho'i bronnau. Yna'n sydyn rhwygodd ei geg oddi wrthi a chyda symudiad sydyn roedd ar ei bengliniau ar y llawr o'i blaen yn cusanu ac yn sugno'i bronnau. Ebychodd Gwenan gan sioc a phleser.

Stopiodd yntau.

"Be sy?" Edrychodd arni'n wyllt.

"Dim byd," atebodd hithau, yn sylweddoli nad oedd am iddo stopio.

"Plis paid â deud wrtha i am stopio, Gwenan," meddai, "dw i ddim yn meddwl y medrwn i."

Gwenodd hithau nawr. "Dydw i ddim isio i ti stopio."

Dychwelodd ei wefusau i'w bronnau ac yna i lawr at dop ei siorts. Gafaelodd hithau yn ei ysgwyddau, ei bysedd yn ei wasgu'n dynn.

Cododd Dyfan yn sydyn.

"Tynn dy ddillad!"

Torrodd ei eiriau ar hud y funud.

"Be yn fama?" gofynnodd Gwenan.

"Ia. Ty'd, brysia, fedra i ddim disgwyl."

Dechreuodd Gwenan ddatod ei siorts.

"O blydi hel, Gwenan, heddiw dim fory!"

Gafaelodd yng ngodre'r siorts a'u tynnu i lawr yn wyllt.

"A hwnna," meddai gan amneidio tuag at ei nicr wrth dynnu ei drowsus ei hun.

Roedd Gwenan yn swil unwaith eto, ei hyder wedi ei chwalu gan ei orchmynion cras.

Safodd o'i blaen yn noeth gan edrych am eiliad ar ei hymateb. Ceisiodd hithau ail-greu'r rhamant drwy ddal ei lygaid cyn edrych a rhyfeddu at ei gorff.

"Ma'n rhaid i mi wisgo hwn debyg," meddai gan estyn condom o boced ei drowsus.

Teimlodd Gwenan ei hun yn cochi. Amneidiodd ei hateb a throdd ei phen wrth ei glywed yn agor y pecyn.

"Blydi petha gwirion."

Gafaelodd ynddi hi a'i rhoi i orwedd ar y soffa.

Edrychodd arni'n hir.

"Ti'n berffaith."

Dechreuodd ei hanwesu eto a theimlodd hithau y wefr gynnes braf yn dychwelyd i'w chorff. Rhaid iddi drio ymddwyn yn fwy aeddfed…

Roedd ei ddwylo nawr yn crwydro rhwng ei choesau a llwyddodd hyn i'w chynhyrfu'n llwyr nes peri iddi anghofio'i swildod ac ildio i'r pleser.

Roedd hi bellach mewn byd cynnes, cynnes pell i ffwrdd pan glywodd ei eiriau, "Oh, shit, Gwenan. Agor dy goesa!"

Teimlodd ei holl bwysau arni, ei gluniau cryf yn gwahanu'i choesau. Gan anwybyddu'i chri o boen, cusanodd hi'n wyllt a thynnu ei phen yn frwnt tuag ato. Byseddodd ei gwallt ac yna'i dynnu'n galed. Brathodd ei gwefusau a dal i wthio'n galetach. Yna tynhaodd ei gorff, gwaeddodd yn uchel gan ei thynnu'n agosach ato ac yna aeth yn llipa a thrwm, ei wyneb wedi'i orchuddio yn ei gwallt a chlustog y gadair.

Arhosodd y ddau yn hollol llonydd. Ni wyddai Gwenan beth i'w ddweud. Wrth iddo symud oddi arni dywedodd, "Dw i'n falch mai fi oedd y cynta."

Rhuthrodd Gwenan i fyny'r grisiau am yr ystafell molchi gan feichio crio.

Safodd yn hurt am ychydig yng nghanol yr ystafell ac yna estynnodd liain mawr gwyn o'r cwpwrdd gan ei dynnu amdani. Peidiodd grio. Beth oedd hi wedi'i wneud. Dim fel hyn oedd hi wedi dychmygu y byddai o. Ble oedd y teimladau dirdynnol o bleserus yr oedd hi wedi darllen amdanynt? Edrychodd yn y drych uwchben y sinc. Roedd ei gwefusau yn ddolurus a marciau coch ar hyd ei gwddf. Roedd hi'n brifo drosti. Dechreuodd grio eto a llanwodd y sinc gyda dŵr oer i ymolchi ei hwyneb.

"Gwen."

Safai Dyfan yn y drws yn ei jîns.

"Nesh i dy frifo di?"

Ni allai ei ateb. Gallai ei weld yn y drych yn cerdded tuag ati. Gafaelodd amdani yn dyner.

"Dw i'n iawn. Sori." Ceisiodd ymddiheuro am ei dagrau gan wybod ar yr un pryd mai ef a ddylai ymddiheuro.

Gafaelodd yn dynnach amdani. "Sori, Gwen. Sori os oeddwn i'n rhy wyllt efo ti. Mi o'n i isio chdi gymaint, mi nesh i jyst colli arna i'n hun. Mi rwyt ti mor... ddel, mor blydi ffantastig... dw i ddim wedi bod efo neb fatha chdi o'r blaen."

Cydiodd Dyfan yng nghornel y lliain a sychu ei dagrau. Gafaelodd yn ei llaw a'i thywys o'r ystafell molchi a'i harwain i'r stafell lle'r oedd y gwely dwbl. Rhoddodd hi i orwedd ar y cwrlid brodwaith a gorweddodd yntau wrth ei hochr.

"Gwen. Plîs, plîs paid â meddwl yn ddrwg ohona i. Mi ro'n i'n feddwl o 'sti."

"Be felly?"

"Pan ddeudis i 'mod i ddim wedi bod efo neb fel chdi o'r blaen."

Gwenodd Gwenan wrth ei weld yn ceisio ei thynnu yn ôl i hwyliau da.

"Paid â rwdlan. Mi rwyt ti wedi bod efo dwn i 'm faint

o genod del mae'n siŵr."

"Ond dw i ddim wedi bod efo neb sy'n mynd i'r coleg, naddo."

Tybiai Gwenan ei bod yn clywed rhyw goegni yn ei lais a dywedodd hithau, "Paid â siarad ar dy gyfer. Dw i ddim wedi cael fy nghanlyniadau eto!"

Cusanodd hi'n dyner ar ei gwefusau clwyfus a gwelodd ei bod yn cynhyrfu eto. Tynnodd ei jîns ac yna ei thynnu i'w gesail gan ei hanwesu a'i chysuro. Deallodd Gwenan ei fwriadau yn syth ac mai hi oedd yn rheoli y tro hwn. Ni fyddai yn ei brifo mwyach. Roedd o'n dyner ac yn annwyl ond eto'n llwyddo i'w chynhyrfu, yn fwy na'n gynharach.

'Dyma sut y dylai fod,' meddyliodd, wrth deimlo'r un pleser a oedd wedi dirdynnu ei gorff o yn gynt. Yna wedi ei llwyr fodloni, syrthiodd Gwenan i gysgu yn ei freichiau.

***

Clywodd lais rhywun yn ei galw ymhell i ffwrdd, "Gwenan. Mae hi'n hanner awr wedi tri!"

Sylweddolodd yn sydyn ble roedden nhw a beth oedd wedi digwydd. Neidiodd i fyny. Roedd Dyfan eisoes ar ei draed ac yn gwisgo.

"Mi gysgon ni."

"Do. Damnia. Mi fydd Sam am fy ngwaed i." Swniai yn flin ac yn gecrus.

"Sori"

Edrychodd arni. "Sori? Pam wyt ti'n sori? Does dim bai arnat ti 'mod i 'di cysgu."

Roedd tôn ei lais yn oer ac yn goeglyd. Gallai Gwenan ddeall ei bryder a'i fod yn flin ond ni allai ddeall ei agwedd tuag ati.

"Does dim eisiau bod yn gas, yn nag oes," meddai wrtho.

Camodd Dyfan yn frysiog ati a gafaelodd yn dynn yn ei garddwn gan wasgu'i braich yn galed.

"Dw i ddim yn gas. Ocê."

Fflachiodd ofn yn ei llygaid a rhyddhaodd ei braich. Rhwbiodd hithau'r croen fel plentyn wedi cael briw a meiriolodd yntau.

"O, Gwen. Sori. Poeni am be ddwedith Sam ydw i. Mi ro'n i'n hwyr fore Llun a... wel... ro'n i wedi addo peidio bod yn hwyr eto."

Cusanodd hi'n dyner a taenodd hithau ei llaw drwy'i wallt.

"Dos 'ta, neu mi fyddi di mewn andros o drwbwl."

Gwenodd arni. " 'Run amser wythnos nesa?"

Dechreuodd gerdded at y drws.

Petrusodd Gwenan, "Mae'n dibynnu... "

"Un o'r gloch, ddydd Iau nesa."

Ni arhosodd am ei hateb, roedd wedi mynd, a chlywodd Gwenan ddrws y cefn yn cau.

***

Er y gwyddai Gwenan y byddai ei rhieni adref tua pedwar, ni frysiodd o gwbl. Parhaodd i orwedd ar y gwely yn hel meddyliau. Ceisiodd roi trefn ar yr hyn a ddigwyddodd. Roedd eglurhad Dyfan, ei fod wedi gwirioni cymaint arni nes colli arno'i hun, yn ddigon derbyniol, ond eto roedd ei dychryn, y gerweindra a'r boen yn sioc ac yn hollol groes i'r hyn yr oedd hi wedi ei ddisgwyl. Roedd wedi gobeithio, a hanner disgwyl, y byddai yn fwy sensitif i'w diffyg profiad a'i lletchwithdod. Trodd ar ei hochr i deimlo'r cwrlid lle y bu'n gorwedd, a hwnnw bellach yn oer dan ei dwylo. Gwenodd wrth gofio, 'Do. Mi fuo fo'n dyner,' meddai wrth ei hun, ac am ryw reswm dechreuodd grio'n dawel unwaith eto.

Pennod 3

Bu Gwenan a Dyfan yn cyfarfodfelly am rai wythnosau. Daeth hi'n arferiad i fynd i'r Hafod bob dydd Iau gan fod ei rhieni hi'n mynd i'r farchnad anifeiliaid bob wythnos. Ofnai Gwenan bob nos Fercher y byddai ei mam yn dweud na fyddai'n mynd gyda'i gŵr y diwrnod canlynol, ac yn difetha ei chynlluniau, ond ni ddigwyddodd hyn.

Llwyddasant i gyfarfod rhai nosweithiau yn yr Hafod hefyd, a buan iawn y syrthiodd Gwenan dros ei phen a'i chlustiau mewn cariad. Roedd hi'n swil iawn i fynegi ei theimladau wrth Dyfan ar y dechrau, ond sylweddolodd ei fod yn mwynhau ei chlywed yn dweud y geiriau 'Dw i'n dy garu di', yn enwedig yng nghanol eu caru nwydus, a llwyddodd i beidio â dangos iddo fod y ffaith nad oedd yntau hefyd yn dweud y geiriau yn ei brifo.

Daeth yn fwy hyderus wrth garu oherwydd ei theimladau tuag ato, a darbwyllodd Dyfan hi, drwy ei natur nwydus a'i ymddiheuriadau tyner, fod cleisiau a briwiau yn hollol naturiol mewn perthynas o'r fath. Er fod ei chwant diflino am ei chwmni a'i chorff yn ei chyffroi, rhoddai unrhyw beth ar brydiau am i'w perthynas fod yn gwbl agored fel ei ffrindiau a oedd yn canlyn. Gwyddai o'r gorau na fyddai ei rhieni byth wedi caniatáu hynny.

"Mi ddweda i wrthyn nhw ar ôl y canlyniadau, dw i'n addo," fyddai hi'n ei ddweud yn wythnosol wrth Dyfan. A bodlonodd yntau ar hynny am y tro.

Daeth tro ar fyd ddiwrnod y canlyniadau Lefel A.

Roedd Gwenan wedi codi'n fuan ac wedi mynd i'r ysgol yn y car gyda'i rhieni er mwyn cael gwybod sut oedd hi wedi gwneud. Roedd yn hapus iawn o ennill y graddau anghenrheidiol, sef dwy B ac C.

Roedd ei rhieni a hithau'n mwynhau paned o de ar ôl dychwelyd i'r Ynys pan ganodd cloch y drws. Doli Pritchard oedd yno.

"Dewch i mewn, Mrs Pritchard," meddai ei mam yn groesawgar wrth weld fod yr ymwelydd yn cario cerdyn yn ei llaw.

"Dw i ond 'di dod i longyfarch yr hen hogan," atebodd hithau. "Clywed gan Wil Parry dy fod ti wedi gwneud yn dda ac wedi dod â cherdyn i ti." Rhoddodd y cerdyn i Gwenan. "Ac ma 'na rhywbeth bach ynddo fo."

"Diolch, Mrs Pritchard. Eisteddwch." Teimlai Gwenan y rheidrwydd i fod yn gwrtais.

"Cymerwch baned." Estynnodd Cledwyn gwpan arall oddi ar y ddresel.

Eisteddodd Doli'n drwsgl. "Ew, ma 'na waith cerddad o'r pentra... Taswn i'n ifanc mi fasa gen i feic... " Sychodd ei thalcen â hances wedi'i thynnu o boced ei siaced. "... mi fydda i'n dy weld di ar dy feic, Gwenan, yn gwibio drwy'r pentra bob dydd Iau."

Edrychodd rhieni Gwenan ar Doli wrth glywed rhyw dinc yn ei llais, a fferrodd Gwenan drwyddi.

"Gymerwch chi fisged, Mrs Pritchard?" meddai Gwenan yn ceisio troi'r stori.

"Diolch, 'mechan i." Bwytodd y fisged yn araf. "Ac mi ei di am y coleg rŵan debyg?"

Ochneidiodd Gwenan yn ddistaw gan gredu ei bod

wedi llwyddo i droi'r sgwrs.

"Dyna ydi'r bwriad, ia."

"I ble'r ei di, felly?"

"I Fangor dw i am fynd."

Chwarddodd Doli. "Wel ia siŵr. Yn ddigon agos i'r cariad 'na sy gen ti allu dy weld di'n aml."

Teimlodd Gwenan ei cheg a'i gwddf yn sychu'n grimp, a gwyddai bod ei rhieni yn rhythu arni.

Ceisiodd ysgafnhau'r sgwrs.

"Naci wir. Does gen i ddim cariad, Mrs Pritchard."

Cymerodd Doli lymaid swnllyd o'i the cyn dweud, "Cer o'na di. Dim hogyn Pegi Hughes dw i wedi'i weld yn mynd i'r Hafod efo ti? Mi ro'n i'n meddwl eich bod chi'n fwy na ffrindiau ers pan welais i ti ar ei foto-beic o... "

Stopiodd sgwrsio o weld Cledwyn a Catrin Morris yn rhythu ar eu merch, eu hwynebau'n llawn anghrediniaeth a siom.

"O, Duwcs annwyl. Dyna fi wedi rhoi 'nhroed ynddi eto. Fi a'n hen geg fawr. Mi a' i rŵan. Diolch i chi am y baned."

Cododd Gwenan i'w thywys at y drws.

"Diolch, Mrs Pritchard. A diolch i chi am y cerdyn a'r arian."

A dyna ddiwedd ar y dathlu.

***

Treuliodd Gwenan a'i rhieni weddill y diwrnod yn ffraeo. Roedd ei thad wedi colli'i limpyn yn lân, yn enwedig ar ôl clywed Doli Pritchard yn sôn am yr Hafod. Roedd ei mam hithau yn siomedig iawn ac yn boenus. Doedd yr un o'r ddau yn fodlon gwrando ar eglurhad Gwenan na'i phrotestiadau y gallai wneud fel y mynnai gan ei bod yn ddeunaw oed. Sylweddolodd Gwenan mai'r twyllo oedd yn eu cythruddo fwyaf, ac y byddent, mae'n debyg, wedi cynefino â'r ffaith ei bod yn canlyn Dyfan petai hi ond wedi bod yn onest o'r dechrau. Gadawodd Gwenan y tŷ ddiwedd y pnawn wedi hen weiddi a dadlau o'r ddwy ochr a hefyd llawer o grio ar ei rhan hi a'i mam. Reidiodd ei beic i'r pentre ac i garej Sam.

Roedd Dyfan ar fin hel ei bac i fynd adref pan gyrhaeddodd Gwenan y garej. Gwelodd yn syth o'i hwyneb beth oedd wedi digwydd.

"Dw i'n falch mewn ffordd eu bod nhw'n gwybod o'r diwedd," meddai. "Mi fydd petha gymaint haws rŵan. Ty'd," ac estynnodd ei bethau. "Dw i'n meddwl ei bod hi'n amser i ti gyfarfod Mam."

***

Cafodd Gwenan groeso arbennig o gynnes gan Pegi Hughes. Mewn tŷ cyngor yn y pentref yr oedd hi a Dyfan yn byw, a chofiai Gwenan glywed i'w gŵr gael ei ladd pan oedd Dyfan yn ifanc.

Roedd yn amlwg o'r ffordd y siaradai efo Gwenan ei bod yn gwybod am eu perthynas a'i bod hefyd yn deall na fyddai Cledwyn a Catrin Morris yn rhy hapus. Teimlai Gwenan yn anghyfforddus, fel pe bai hi eisiau amddiffyn ei rhieni, a hefyd teimlai fod Dyfan wedi dweud gormod wrth ei fam. Gwridodd wrth feddwl tybed oedd o wedi sôn am eu caru a'u hamseroedd yn yr Hafod. Gallai weld yn syth pa mor agos oedd o at ei fam, a gallai weld ei fod wedi ei ddifetha yn llwyr.

Mynnodd Pegi Hughes ei bod yn aros i gael te a

chytunodd hithau, er ei bod yn gwybod y byddai ei rhieni yn poeni amdani bellach. Roedd Pegi wedi gwneud teisen sbwng yn ystod y prynhawn a chafodd honno ei thorri i ddathlu canlyniadau Lefel A Gwenan. Wedi iddynt orffen bwyta dywedodd Dyfan wrth ei fam ei fod am fynd â Gwenan i fyny i'w ystafell wely i sgwrsio tra byddai hi'n gwylio'r teledu.

"Ia. Ewch chi," meddai ei fam, gan egluro y byddai ei hoff raglen yn dechrau mewn ychydig funudau.

Dechreuodd Gwenan brotestio gan wybod beth oedd ar feddwl Dyfan, ond dywedodd yntau, "Mae'n rhaid i ti ddod i wrando ar fy nhâp newydd i," a chytunodd hithau.

Gan Dyfan oedd yr ystafell wely fwyaf yn y tŷ ac yr oedd wedi ei dodrefnu'n ddigon moethus. Gwthiodd Dyfan hi ar y gwely'n syth gan ddechrau ei hanwesu. Ceisiodd Gwenan godi gan ei bod yn ymwybodol o'i fam i lawr y grisiau.

"Mae Mam ar goll yn ei rhaglen, tydi hi ddim yn poeni amdanon ni. A beth bynnag mae hi wedi hen arfer efo fi'n dod â genod i fyny 'ma."

Fferrodd Gwenan a llwyddodd i ddianc o'i afael. Safodd wrth ochr y gwely gan edrych yn hurt arno.

"Be ddwedist ti?"

"Ty'd Gwen. Ti'n gwybod mai dim chdi oedd y gynta i mi!"

Allai Gwenan ddim credu yr hyn oedd o'n ddweud, na'r pleser amlwg oedd ar ei wyneb o wybod ei fod yn ei brifo.

"Dw i'n mynd adra. Wn i ddim be wnaeth i mi ddod yma yn y lle cynta."

Clywodd Dyfan rhyw gryfder yn ei llais a gwelodd hithau banic yn ei lygaid o.

"O, sori Gwen. Wir i ti, wnes i ddim meddwl dy frifo di. Ddylwn i ddim fod wedi sôn."

"Wel, ma hi'n rhy hwyr rŵan. Dw i'n mynd adra."

"Paid â mynd, plîs Gwenan!"

Edrychodd arno wrth glywed ei lais yn anghyfarwydd ymbiliol.

"Arnat ti ma'r bai beth bynnag," meddai.

"Fi?" meddai Gwenan.

"Ia. Y busnas coleg 'ma. Dw i ddim isio i ti fynd."

"Ond ma'n rhaid i mi fynd."

"Nag oes."

"A be arall dw i'n mynd i neud? Gweithio yn siop Robat Wilias?"

"Wel, mi fasat ti yma, basat. Dim yn blydi Bangor yn hel dy draed a malu cachu, a hogia eraill yn dy llygadu di!" Cododd ar ei draed a gwthiodd Gwenan yn frwnt yn erbyn y drws. "Os nesh i dy ffansïo di mi fyddan nhw'n siŵr o neud." Gwthiodd hi'n galetach gan bwyso'i gorff yn ei herbyn. "Fyddan nhw'n methu disgwyl dy gael di ar wastad dy gefn!"

Dechreuodd Gwenan grio wrth glywed ei eiriau brwnt.

"Fi sy bia chdi, ti'n deall. A dw i isio chdi'n fama, efo fi."

Dechreuodd ei chusanu'n wyllt a sylweddolodd hithau ei fod wedi cynhyrfu. Roedd hi'n dal i grio. Fe'i gollyngodd yn sydyn ac aeth i eistedd ar y gwely.

"O, sori Gwenan. Wnes i ddim meddwl dy frifo di. Ty'd yma."

Arhosodd Gwenan yn ei hunfan yn dal i grio. Doedd hi ddim yn mynd i ildio. Roedd hi am orffen gydag o a mynd adref. Allai hi ddim gadael iddo ei brifo a bod yn frwnt efo hi o hyd ac o hyd. Gallai fynd i Fangor ac anghofio amdano, ac efallai ymhen amser y byddai'n ffeindio rhywun arall.

"Gwenan. Dw i'n dy garu di."

Ochneidiodd Gwenan yn uchel. Peidiodd y dagrau. Dyma'r geiriau yr oedd hi wedi breuddwydio eu clywed, ac wrth sylweddoli beth yr oedd wedi ei ddweud aeth pob bwriad o orffen ag o o'i meddwl. Cododd yntau, gafaelodd ynddi'n dyner a'i thywys at y gwely. Tynnodd hi i lawr i orwedd wrth ei ochr a dechreuodd dynnu ei dillad.

"Mi dw i yn dy garu di, 'sti. Mi ddylwn i fod wedi deud wrthat ti cyn rŵan, ond mi ro'n i isio bod yn siŵr." Y geiriau hud yn ei ganiatáu i ddiosg ei dillad i gyd ac iddi hithau ei groesawu i'w breichiau.

Ni feddyliodd yr un o'r ddau am Pegi Hughes yn troi sŵn y teledu'n uwch er mwyn cau allan y synau a ddeuai o'r ystafell wely uwchben.

***

Tawedog iawn fu Cledwyn Morris wedi i'w ferch adael y tŷ ddiwedd y prynhawn. Doedd dim awydd sgwrs ar ei wraig chwaith, ond sylweddolai fod yn rhaid iddynt drafod Gwenan.

"Mi dw i'n meddwl y dylen ni anwybyddu'r peth," meddai Catrin Morris wedi iddi fod yn synfyfyrio am beth amser.

"Be ddwedist ti?" gofynnodd ei gŵr yn anghrediniol.

"Wel, peidio rhoi llawer o sylw i'r mater. Po fwya y byddan ni'n arthio arni, mwya'n y byd y bydd y dynfa tuag ato fo."

"Paid â siarad yn wirion!" atebodd Cledwyn. "Wedi closio gormod ato fo mae hi'n barod faswn i'n deud."

Ochneidiodd ei wraig yn uchel.

"Na. Dw i'n meddwl 'mod i'n iawn. Os gadawn ni lonydd iddi, mi ddaw'r holl firi i ben yn naturiol. Dydi o ddim ei theip hi, ac mi welith hi hynny cyn gynted ag yr aiff hi i'r coleg. Buan iawn y gwnaiff hi daro ar rywun arall."

Cododd Cledwyn ar ei draed a safodd o flaen ei wraig.

"Ac yn y cyfamser? Wyt ti wedi meddwl am hynny? Mae 'na bron i ddeufis cyn iddi fynd i'r coleg, a hwnna'n hel ei hen facha hyd 'ddi… "

"O Cledwyn, falla… "

"Falla? A be ti'n ei feddwl oeddan nhw'n ei neud yn yr Hafod. Chwara cardia?"

Eisteddodd i lawr unwaith eto. Roedd y ddau ynghlwm yn eu meddyliau.

"Falla ein bod ni ar fai Cledwyn," mentrodd Catrin.

"Hwyrach y dylen ni roi cyfle iddo fo. Wedi'r cyfan dydan ni ddim yn ei nabod o – rioed wedi torri gair efo fo, dim ond yn gwrando ar glecs Doli Pritchard a'i thebyg."

Ni atebodd ei gŵr a pharhaodd hithau, "A phetaen ni'n rhoi rhyw fath o sêl bendith ar y peth mi fydda'r berthynas yn agored a fasa ddim rhaid iddi hi stelcian yn yr Hafod nac unrhyw hafod arall."

Ysgydwodd Cledwyn ei ben.

"O, Cledwyn bach, tria ddeall. Mynd ar ei ôl o wneith hi beth bynnag ddwedwn ni."

"Wel, paid â gofyn i mi roi unrhyw gefnogaeth iddi. Mi dw i wedi torri digon o eiriau efo fo yn y garej 'na i wybod 'mod i'n hidio dim amdano fo. Mae 'na rwbath ynglŷn â fo sy ddim cweit yn taro deuddeg."

Ac ar hynny cododd ac aeth allan i odro'r gwartheg.

COLEG LLANDRILLO COLLEGE
LIBRARY

c65 335

***

Pan gyrhaeddodd Gwenan yn ei hôl roedd hi'n falch o weld mai ond ei mam oedd yn y tŷ, er na allai edrych i'w hwyneb rhag ofn iddi allu gweld bod rhywbeth o'i le rhyngddi hi â Dyfan.

"Wel?" gofynnodd ei mam.

"Mi fues i yn nhŷ Dyfan, yn cwrdd â'i fam o."

"O felly. Digon clên ydi Pegi Hughes."

Synnodd Gwenan glywed geiriau ei mam.

"Mae ei mab hi yn glên hefyd, pe tasech chi ond yn… "

Ni chafodd orffen yr hyn yr oedd hi am ei ddweud.

"Mae dy dad a finna wedi cytuno i adael llonydd i ti fel y gofynnaist ti; er nad ydan ni yn gwbl hapus. Ond dyna fo, amser a ddengys… "

Rhuthrodd Gwenan ati a'i chofleidio.

"O, Mam. Mi dw i yn ei garu o ac mae o'n fy ngharu i."

Brathodd Catrin Morris ei thafod rhag iddi ofyn i'w merch beth wyddai hi am gariad, o fod wedi treulio cyn lleied o amser yn ei gwmni.

"Dw i ddim eisiau i ti fynd i'r Hafod eto a dw i ddim yn meddwl y bydd dy dad eisiau trafod y peth o gwbwl."

"Iawn." Gwnaeth Gwenan ystum o fynd at y drws ac i'w hystafell.

"O, Gwenan." Trodd at ei mam. "Be am atal cenhedlu?"

Teimlodd Gwenan ei hun yn gwrido hyd at wreiddiau gwallt ei phen.

"Mae Dyfan yn… "

"Dw i'n meddwl y dylet ti fynd at y meddyg i gael y bilsen. Rhag ofn."

"Iawn." Rhuthrodd Gwenan i fyny'r grisiau i'w hystafell wely ac yno y bu hi tan fore trannoeth.

***

Aeth yr wythnosau nesaf heibio'n gyflym iawn yng nghanol bwrlwm paratoadau Gwenan ar gyfer mynd i'r coleg. Ni soniodd ei thad o gwbl am ei pherthynas â Dyfan, ond welodd Gwenan mohono rhyw lawer oherwydd prysurdeb lladd gwair. Roeddynt yn wythnosau hapus iawn i'r cariadon, roedd Dyfan yn llawer mwynach a mwy cariadus gan y gallai gerdded law yn llaw â Gwenan yn hollol agored. Roedd Gwenan yn ymwelydd cyson yn ei gartref er na ddeuai Dyfan ddim pellach na cheg lôn yr Ynys. Mwynhaodd y ddau gerdded hyd a lled y pentref gan ailddarganfod cuddfannau plentyndod a oedd bellach yn hafan i gariadon.

Roeddynt yn eistedd ar fainc ar ben bryn uwchben y pentref un noson braf wythnos cyn i Gwenan ymadael am Fangor. Eisteddai Dyfan yn synfyfyriol, ei fraich am ysgwydd Gwenan, a hithau yn swatio'n glòs ato.

"Wythnos arall," meddai.

"Ia," atebodd Gwenan. Roedd hi'n rhyw ddechrau colli awydd mynd i'r coleg, ond gwyddai mai gadael Dyfan fyddai'n loes iddi nid mynd i'r coleg ei hun. Doedd hi ddim am beidio mynd, roedd hi'n ddigon call i weld gwerth mewn addysg a chael gyrfa iawn. Arswydai feddwl am ei adael fodd bynnag, ac roedd hi'n mynd yn anoddach wrth i'r diwrnod oedd hi'n gadael am y coleg ddod yn nes.

"Gwenan."

"Ia."

"Mi dw i yn dy garu di 'sti."

"Dw i'n gwybod." Closiodd yn agosach ato, ond

tynnodd oddi wrthi gan afael yn ei hysgwyddau a'i throi i'w wynebu.

"Na. Dw i ddim yn meddwl dy fod ti'n gwybod. Dim cymaint dw i'n dy garu di beth bynnag."

Gafaelodd Gwenan amdano wrth weld dagrau yn ei lygaid. "A mi dw i'n dy garu di hefyd."

Tynnodd oddi wrthi eto. "Mi dw i'n gwybod 'mod i wedi bod yn... wel yn od, yn gas ar y dechra, ond do'n i ddim yn gwybod sut i ddelio efo chdi. Rhyw her oeddat ti. Merch Cledwyn Morris yn meddwl 'i bod hi'n well na pawb. Mi ro'dd yr hogia i gyd yn deud na fasat ti byth yn edrych arna i... dy fod ti'n wahanol... hogan bach mami a dadi." Daeth rhyw goegni i'w lais. "Ac mi roeddat ti, mi rwyt ti'n beth handi. Mi ro'n i isio ti, mi ro'n i'n dy ffansïo di ac eto dim isio dangos faint."

Edrychodd Gwenan i fyw ei lygaid. Doedd hi erioed wedi ei glywed o'n siarad fel hyn o'r blaen. Gwyddai nad oedd hi'n hawdd iddo fwrw'i fol.

Gafaelodd yn dynnach yn ei hysgwyddau.

"Fi bia ti Gwenan. Does 'na neb wedi teimlo fel yr wyt ti amdana i o'r blaen. Fedra i ddim meddwl amdanat ti'n mynd a 'ngadael i. Fedra i ddim meddwl amdanat ti efo neb arall!"

"Ond Dyfan, fydda i ddim. Dw i ddim isio neb arall!"

"Addo i mi." Gwasgodd ei hysgwyddau'n dynnach.

"Addo be?"

"Addo i mi na wnei di ddim mynd efo neb arall."

Gwasgodd yn dynnach eto nes ei fod yn brifo.

"Dw i'n addo na wna i ddim. Faswn i byth isio... "

"Dos ar dy lw. Ar fywyd dy fam a dy dad!"

"Dyfan!" Ni thyngodd Gwenan y fath lw erioed, dim hyd yn oed wrth chwarae plant.

"Ar dy lw, Gwenan." Roedd y taerineb yn ei lais yn ei dychryn.

"Ar fy llw, Dyfan."

"Be?"

"Ar fy llw wna i ddim mynd efo neb arall."

"Ar fywyd dy rieni."

"Dyfan. Paid â bod yn wirion. Ti'n fy mrifo i... "

"Gwenan, plîs."

"Ar fywyd... " Ni ddeuai'r geiriau'n rhwydd. "... Mam a... Dad. Wna i ddim mynd efo neb arall."

Gollyngodd ei afael yn ei hysgwyddau, ei thynnu ato a'i chofleidio.

"O, diolch Gwen. Roedd yn rhaid i mi dy glywed ti'n deud hynna."

Gafaelodd ynddi am hir, hir heb sylweddoli faint oedd hi wedi ei chynhyrfu ac yn crio.

Ymhen hir a hwyr ciliodd oddi wrthi.

"Dyna ni felly, ma'n debyg," meddai.

"Be?" gofynnodd Gwenan.

"Wel, wedi dyweddïo."

Edrychodd Gwenan yn hurt arno.

"Be ddwedist ti?"

"Wedi dyweddïo. Os wyt ti wedi mynd ar dy lw na 'nei di fynd efo neb arall byth, mi rydan ni wedi dyweddïo."

Agorodd Gwenan ei cheg i ateb ond ni allai ddweud dim.

"Wel. Dwyt ti ddim yn cytuno?"

Doedd ganddi ddim y galon i ddweud wrtho nad fel'na oedd hi wedi breuddwydio y gofynnai iddi, na chwaith y stumog i grybwyll ei rhieni.

"Deud rwbath." Roedd o'n gwenu , roedd y tyndra wedi cilio.

"Wel, y... " Daeth rhyw gysgod dros ei lygaid, ac yna rhyw fflach ddireidus.

"O, sori Gwen... wnes i ddim meddwl." Cododd, ac yna plygodd o'i blaen, un ben-glin ar y llawr. Gafaelodd yn ei llaw ac edrychodd i'w hwyneb.

"Gwenan Morris, er nad oes gen i bres ar hyn o bryd i brynu modrwy i ti... " Lledodd gwên dros wyneb Gwenan. "... Ac er na fydd dy fam a dy dad yn hapus... " Ciliodd y wên. "... ond mi fydd hapusrwydd Mam yn mwy na gwneud i fyny am hynny... " Gwenodd hithau eto. "Wnei di fy mhriodi i yn y dyfodol – dim rhy bell gobeithio – ac felly gytuno ein bod ni wedi dyweddïo. Plîs?"

Chwarddodd Gwenan ar ei ffug-ffurfioldeb, a gwthiodd ef yn chwareus nes y disgynnodd gan ei thynnu hithau i lawr i'w ganlyn, y ddau yn rowlio yn y glaswellt. Cusanodd hi'n dyner.

"Wel?" gofynnodd.

"Gwnaf," atebodd Gwenan. "Ac ydan, mi rydan ni wedi dyweddïo."

Pennod 4

Fu Gwenan fawr o dro yn setlo yn ei hystafell yn neuadd Gymraeg y Coleg a dod i arfer efo'r bywyd academaidd a chymdeithasol. Er ei bod yn hiraethu am Dyfan ac am ei rhieni, roedd hi'n falch o gael plesio'i hun ac o gael gwneud ffrindiau newydd. Roedd hi'n mwynhau ei chwrs o'r cychwyn cyntaf ac yn hoff o'r rhan fwyaf o'r darlithwyr. Toedd Bangor ddim yn rhy bell, felly gallai fynd adref ar benwythnosau os mynnai, ond yn bwysicach fyth roedd yn ddigon agos i Dyfan ddod i aros gyda hi. Doedd hi ddim wedi dweud wrth ei rhieni am eu dyweddïad, ac wedi darbwyllo Dyfan rhag dweud wrth ei fam. Cytunodd yntau, a dweud y byddai'n well rhannu'r newyddion pan fyddai ganddynt fodrwy i'w dangos, ac y byddai yn cynilo pob ceiniog o hyn ymlaen i brynu un iddi. Cytunodd hefyd, yn groes braidd i'w ewyllys, i beidio ag ymweld â hi yn y coleg yn ystod yr wythnosau cyntaf er mwyn rhoi amser iddi setlo.

Mared oedd enw'r ferch yn y stafell drws nesaf iddi. Merch o gymoedd y de oedd hi, ac roedd Gwenan a hithau yn cyd-dynnu'n dda o'r cychwyn cyntaf. Roedd y merched i gyd oedd ar yr un coridor â hi yn hoffus iawn, a daeth yn arferiad iddynt fynd allan yn un criw gyda'r nosau gan ymuno â rhai o'r bechgyn oedd yn aros ar goridor gerllaw.

"Felly ma sboner 'da ti," meddai Mared wrth edrych ar y lluniau roedd Gwenan wedi'u gosod o amgylch yr ystafell.

"Be?"

"Sboner. Cariad i chi Gogs."

"O, oes," cytunodd Gwenan gan synnu ei hun wrth sylweddoli nad oedd hi eisiau trafod Dyfan efo'i ffrind newydd.

"Ers pryd 'te?"

"Rhyw chydig fisoedd," atebodd Gwenan.

"Jiawl ferch. Fi ddim yn credu mewn caru gartre. Meddylia'r hwyl wyt ti'n ei golli – yr holl fechgyn 'ma o gwmpas y coleg."

"Dw i ddim isio neb arall. Does gen i ddim diddordeb."

Wrth glywed tôn llais Gwenan a gweld yr olwg ar ei hwyneb sylweddolodd Mared ei chamgymeriad.

"O, ma'n ddrwg 'da fi, Gwenan. Fi a 'ngheg fawr."

"Na, mae'n iawn, a beth bynnag mae Dyfan yn ddigon agos i mi ei weld o'n aml, mi fydd o yma penwythnos nesa."

A chyda hynny dechreuodd dacluso pentwr o lyfrau ar y bwrdd a dyna ddiwedd ar y sgwrs.

***

Cyrhaeddodd Dyfan y neuadd ganol pnawn Sadwrn wedi iddo weithio drwy'r bore. Caeodd y ddau eu hunain yn ystafell Gwenan tan yn hwyr fore Sul. Roedd Dyfan yn gwrthod yn daer mynd allan i gyfarfod y criw gan ddefnyddio'r esgus y byddai'r warden yn siŵr o'i weld a darganfod ei fod yn aros yno.

"A beth bynnag dw i wedi dod yr holl ffordd yma i fod

efo ti a finna heb dy weld di ers pythefnos. Dw i ddim isio dy rannu di efo neb arall."

A dyna fu patrwm y penwythnosau canlynol. Daeth Dyfan yn ymwelydd cyson i ystafell 23, gan amddifadu Gwenan o'i gwaith a'i ffrindiau. Parodd hyn i Gwenan orfod gweithio'n galed iawn yn ystod nosweithiau'r wythnos gan na châi amser i gyffwrdd mewn na phapur na phensil yn ystod ymweliad ei chariad. Roedd Dyfan wedi cyfarfod Mared yn ystod un o'i ymweliadau ac wedi dweud wrth Gwenan nad oedd o'n deall yr un gair a ddywedodd hi.

"Paid â bod yn wirion," meddai Gwenan bryd hynny, "o'r de ma hi'n dod, dim o'r lleuad!" a chwarddodd yn gellweirus. Gallai weld o'r olwg ar ei wyneb nad cellwair oedd o, a'i fod yn amlwg yn teimlo'n anghyfforddus yng nghwmni ei ffrind. Roedd hi'n rhyw hanner cydymdeimlo ag o pan ddwedodd wrthi y byddai yn teimlo allan ohoni yng nghanol ei 'ffrindiau clyfar' ac nad oedd hi i drio'i berswadio i fynd allan efo nhw.

Sylwodd Mared fod Gwenan yn cau ei hun oddi wrth ei ffrindiau, a soniodd wrthi un diwrnod dros baned rhwng darlithoedd.

"Ti'n edrych yn uffernol os ca' i ddweud, Gwen."

"Diolch, Mared!"

"Na, wir i ti. Wyt ti'n dost?"

"Nac 'dw. Wedi bod yn gweithio'n hwyr neithiwr."

"S'mo fe'n iawn. Yr holl ddwli 'ma."

"Dwli?"

"Ie. Paid meddwl 'mod i'n busnesa Gwen, ond ma fe'n *too much*. S'mo ti'r un ferch ddechreuodd yn y coleg wythnose'n ôl, ac mi rwyt ti'n newid yn hollol pan mae hi'n agosáu at y penwythnos. Mae pawb yn gweld dy isie di."

"Paid â rwdlan Mared. Dw i'n iawn. Mi fuon ni allan nos Lun, yndo?"

"Un nosweth mewn wythnose. Dwyt ti ddim yn cymysgu digon. Ma Dyfan yn... "

"Dyfan sy'n bwysig, Mared," tarodd Gwenan ar ei thraws, "mi dw i'n gweld ei golli o gymaint, 'mond ei gwmni o dw i 'sio dros y penwythnos."

"A beth am dy rieni di. S'mo nhw'n gofyn pam nad wyt ti'n mynd gartre?"

"Na. Dw i wedi deud bod gen i ormod o waith."

Ni fynnai Gwenan ddweud eu bod hwythau hefyd yn poeni bod Dyfan yn treulio llawer o'i amser gyda hi.

"Poeni ydw i, Gwenan. Gweld golwg y jiawl arnat ti."

"Wn i. Diolch. Ac i neud i ti deimlo'n well mi ddo' i allan nos Sadwrn. Fydd Dyfan ddim yn dod y penwythnos yma. Mae pen blwydd ei fam o."

"Haleliwia. Lladdwch y llo pasgedig!"

***

Roedd Dyfan a Pegi Hughes wedi mwynhau pryd o fwyd yn y Tarw Du i ddathlu pen blwydd Pegi. Roeddynt wedi eu cludo yno mewn steil mewn tacsi ac wedi cyrraedd gartre erbyn wyth o'r gloch.

"Fedrwn i byth fwyta pryd mawr yn hwyr yn y nos, Dyfan bach," meddai Pegi pan oeddynt yn trefnu'r noson. "Bwcia fwrdd erbyn hanner awr wedi chwech, os galli di." Ac wedi cryn berswâd ar y ferch yn y dderbynfa fe lwyddodd Dyfan i wneud hynny.

Eisteddai'r ddau yn awr yn gwylio ffilm oedd newydd ddechrau ar y teledu. Edrychodd Pegi ar ei mab, yn gwybod yn iawn ei fod yn anniddig. Doedd o ddim wedi setlo o gwbl i fwynhau ei bryd bwyd, edrychai ar ei oriawr drwy'r amser. Gwyddai hithau yn iawn fod ei feddwl ar Gwenan ond ni fynnai sôn yn y tŷ bwyta rhag ei gythruddo. Bachodd ar y cyfle nawr wedi iddo godi a mynd i'r gegin am y trydydd tro.

"Dyfan bach, pam na ei di yno dweda."

"I lle?"

"Wel i Fangor at yr hogan fach 'na."

Edrychodd arni'n flin braidd am iddi ddarllen ei feddyliau.

"A'ch gadael chi a hitha'n ben blwydd arnoch chi?"

"Paid â bod yn wirion. Mi rwyt ti wedi bod â fi allan am swper bendigedig; mi fydda i'n hapus yn gwylio'r ffilm 'ma. Dos, fyddi di ddim llai nag awr yn cyrraedd yno."

Doedd hi ddim eisiau busnesu, ond byddai'n well ganddi weld ei gefn o na'i gael o'n llyffanta o gwmpas y tŷ, gyda'i dymer yn mynd yn feinach.

"Na. Ma hi'n rhy hwyr bellach."

"Ydi debyg." Gwell iddi gytuno â'r hyn ddywedai. "A falla na fydd hi yno; wedi mynd allan efo'i ffrindia... "

"Be ddwedoch chi?" Ei lais yn galed oer.

"Wel... y... falla bydd yr hogan fach sowth 'na wedi mynd allan efo hi i rywle." Roedd ei llais yn nerfus. Gwyddai ei bod wedi dweud y peth anghywir. Roedd ei wyneb fel taran. Rhuthrodd i fyny'r grisiau a daeth i lawr ymhen dim wedi newid i'w ddillad beic. Ymbalfalodd yn wyllt yn nrôr y ddresel am ei oriadau.

"Hen sguthan feddwl-drwg ydach chi."

Teimlai Pegi Hughes gur cyfarwydd yn dechrau bowndian y tu ôl i'w llygaid, a'i stumog yn troi. Ciliodd yn ddyfnach i'w chadair freichiau, ei lygaid yn treiddio i berfeddion ei henaid. Ni symudodd tuag ati.

"Mi fydd hi yno."

"Well 'i blydi bod hi."

Trodd ar ei sawdl a chlepiodd y drws ar ei ôl. Clywodd Pegi Hughes ruo'r moto-beic a gweddïodd mai hi fyddai'n iawn.

***

Roedd y dafarn dan ei sang. Dyma gyrchfan y myfyrwyr Cymraeg, ac roedd rhyw awyrgylch hamddenol, gartrefol i'r lle.

Eisteddai Gwenan yng nghanol ei chriw o ffrindiau, yn wirioneddol falch ei bod wedi mentro allan. Roedd y tynnu coes, y cwrw a'r cwmni wedi llwyddo i wneud iddi ymlacio'n llwyr, a holl waith yr wythnosau diwethaf wedi mynd yn angof.

"Wir i ti," medda Huw, "mi glywais i ei fod o wedi yfed pymtheg peint ac yna wedi mynd nôl i'w stafell ac wedi sgwennu ei draethawd a'i roi i mewn bore wedyn."

Roedd y bechgyn yn trafod anturiaethau un o fyfyrwyr anfad y drydedd flwyddyn.

"Ac mi ddwedodd y darlithydd mai dyna'r peth gorau iddo ddarllen ers pymtheg mlynedd!" Chwarddodd pawb.

"Arglwydd mawr!" ebychodd Robin ar draws yr hwyl, "ma'r *Hell's Angels* 'di cyrraedd."

Trodd pawb i edrych tuag at y drws ar y dieithryn mewn dillad lledr du, ei helmed yn pwyso ar ei fraich. Roedd o'n rhythu ar Gwenan, ei wyneb yn hollol ddi-wên.

Fferrodd hithau. "Dyfan," meddai, gan godi.

Pwniodd Mared Robin yn ei 'sennau.

"Sboner Gwenan," meddai.

Roedd Dyfan wedi gwthio ei ffordd atynt bellach ac

yn sefyll gyferbyn â Gwenan.

"Eistedd fan hyn boi," meddai Robin gan symud i wneud lle iddo. "Be gymeri di i yfed."

Chymerodd Dyfan ddim sylw ohono.

Gwenodd Gwenan yn nerfus.

"Be wyt ti'n neud yma? Mi ro'n i'n meddwl... "

"Yn amlwg felly. Ty'd." Estynnodd ei law i'w thywys oddi yno.

"Paid mynd, Gwenan," meddai Mared. "S'mo ti 'di gorffen dy beint, a chofia am y Chinese wedyn. Gall Dyfan ddod 'da ni."

Edrychodd Dyfan arni. "Dim diolch. Ty'd Gwenan."

"Mi a' i Mared. Wela i di fory."

"Ond Gwenan... " Ofer fu ei phledio, roedd Gwenan bellach yn dilyn Dyfan allan drwy'r drws.

***

Gafaelodd Dyfan yn dynn am ei garddwrn a'i thynnu ar ei ôl. Cerddodd yn gyflym tuag at y moto-beic.

"Bitsh!"

"Be ddwedist ti?" Ffromodd Gwenan o ddicter a chywilydd.

"Bitsh. Hwran. A chditha wedi addo."

Roeddynt tua hanner canllath oddi wrth y beic, a safodd Gwenan yn stond, Dyfan bron yn ei llusgo. Safodd yntau a llwyddodd Gwenan i dynnu ei braich yn rhydd.

"Paid ti byth â siarad fel'na efo fi," meddai wrtho, ei thymer nawr wedi trechu ei hofn. "Wn i ddim be sy'n bod arnat ti. Dw i 'di gwneud dim o'i le!"

"O, naddo? Mi wnest ti addo. Addo na fasat ti ddim yn mynd allan efo neb arall."

Roedd pobl yn dechrau edrych arnynt wrth basio.

"A *tydw* i ddim... Paid â bod mor wirion. Mynd allan efo ffrindia wnesh i, pawb ohonon ni'n un criw, doedd dim o'i le yn hynny!"

"Nac oedd medda chdi. Mi wn i amdanoch chi stiwdants. Smalio'ch bod chi'n siarad am rhyw blydi beirdd ac ar gefna'ch gilydd fel cwningod!"

"Reit, dyna ni." Roedd llais Gwenan yn gadarn. "Dyna ddigon. Dw i wedi cael llond bol. Mae o drosodd, Dyfan, fedra i ddim cymryd dim mwy."

Dechreuodd gerdded oddi wrtho. Safodd Dyfan yno'n syfrdan am funud, ac yna aeth ar ei hôl gan afael ynddi a'i thynnu tuag at y beic.

"O nac ydi, dydi o ddim drosodd."

Cododd hi a'i rhoi i eistedd ar sedd y beic.

Ceisiodd hithau straffaglio'n rhydd.

"Mi rwyt ti'n dwad efo fi. Rŵan."

"Nac ydw. Gad llonydd i fi. Mae o drosodd. Dw i ddim isio bod efo chdi." Parhaodd i geisio dod yn rhydd o'i afael, ac wrth iddi wneud tynhaodd ei afael amdani ag un fraich, a saethodd ei law arall ar ei gwddf o dan ei gên. Gafaelodd mor dynn nes iddi fethu dweud gair.

"Gwranda arna i, Gwenan. Dydi'n perthynas ni ddim drosodd. Os wyt ti'n mynnu mi fydda i'n mynd at Mami a Dadi a deud wrthyn nhw peth fach mor boeth ydi'u hogan fach nhw." Tynnodd ei law oddi wrth ei gwddf a threiddiodd oddi tan ei siwmper gan anwesu ei bron. "Mi fydda i'n dweud wrthyn nhw yn fanwl iawn, iawn... " Parhaodd i anwesu ei bron. "... yr holl betha ydw i'n neud i chdi... " Roedd ei lais yn isel nawr, ei wyneb yn agos at ei chlust. "... ac mi ddisgrifia i'n fanwl hefyd sut wyt ti'n gwingo mewn pleser... fel rŵan... a gwell fyth, mi ddweda i wrthyn nhw am yr holl betha wyt ti'n ei wneud i fi. Ti'n deall, Gwenan?"

"Fasat ti byth yn meddio... " Roedd ei llais hithau bellach yn isel ac yn bradychu'r ffaith ei fod o wedi llwyddo i'w chynhyrfu.

"Baswn, Gwenan, mi faswn i'n gwneud unrhyw beth i dy gadw di."

Sibrydodd yn ei chlust y pethau a ddyheai eu gwneud, ac wrth weld fod ei thymer wedi meirioli a bod hithau wedi cynhyrfu gymaint ag ef, dywedodd, "O, Gwenan, ma'n rhaid i mi dy gael di, rŵan."

Neidiodd ar sedd y beic o'i blaen a gyrrodd rhyw ddau gan llath i fyny'r lôn lle tyfai ychydig o goed ar gyrion y dref.

"Ty'd, brysia!" Tynnodd hi oddi ar y beic a helpodd hi i ddringo dros y wal i'r coed. Tynnodd ei got a'i gosod ar y llawr cyn ei gwthio i orwedd arni.

"O, Gwenan, mi dw i yn dy garu di."

Llwyddodd eu caru nwydus i osod ofnau Gwenan yng nghefn ei meddwl eto ac i'w ffrae fod yn atgof pell i ffwrdd. Ymhyfrydodd yn ei phleser gan sylweddoli na allai fod heb Dyfan. Gwibiodd pob math o bethau drwy ei meddwl. Beiodd ei hun am fod mor ansensitif i'w letchwithdod yng nghanol pobl ddieithr, yn enwedig criw 'clyfar' fel y dywedai yntau. Ymhyfrydodd hefyd yn y ffaith ei fod yn ei charu cymaint fel na allai oddef bod oddi wrthi, nac ychwaith feddwl amdani yng nghwmni neb arall.

Dim tan iddynt orwedd yn dawel ym mreichiau ei gilydd y cofiodd Gwenan nad oedd hi wedi cymryd y bilsen y bore hwnnw.

***

Roedd Cledwyn a Catrin Morris wedi dechrau ar eu brecwast fore Sul pan gerddodd Gwenan i mewn i'r gegin.

"Gwenan, am sypreis!"

"Oes rhywbeth o'i le?"

Y ddau yn ymateb ar unwaith.

"Nac oes siŵr iawn," atebodd Gwenan. "Meddwl ei bod hi'n hen bryd i mi ddod i'ch gweld chi gan fod 'na dair wythnos ers pan fuoch chi ym Mangor."

"Sut ddoist ti?" gofynnodd ei mam.

Petrusodd Gwenan.

"Dyfan roddodd bas i mi ar y beic."

Roedd yn amlwg oddi ar wyneb ei thad iddo ddeall fod Dyfan wedi treulio'r noson efo'i ferch.

"Mae o efo fi."

"Be ti'n feddwl?" gofynnodd ei thad yn chwyrn.

"Mae o yng ngheg y lôn yn aros. Mi ddwedish i wrtho fo am aros hanner awr, ac os na faswn i wedi mynd yn ôl ato fo, am iddo fo ddod i mewn."

"I mewn i'r tŷ?" gofynnodd ei thad fel petai o wedi camddeall ei geiriau.

"Ia."

"Bobol bach... " dechreuodd Cledwyn fytheirio.

"Dad, gwrandwch arna i, plîs."

"Cledwyn, gad iddi hi siarad," ymbiliodd ei wraig.

"O'r gora. Mi wrandawa i, ond dw i ddim yn addo ildio."

Eisteddodd Gwenan wrth y bwrdd.

"Mi dw i wedi penderfynu neithiwr mai efo Dyfan ma 'nyfodol i. Mi dw i yn ei garu o a does arna i ddim isio neb arall. Mi orffenna i fy ngholeg ac yna, wel... efo Dyfan ydw i am dreulio f'oes."

Daeth tristwch mawr dros wyneb ei thad.

"Rhowch gyfle iddo fo plîs – rhowch gyfle i ni. Da'ch chi ddim yn ei nabod o, sut allwch chi fod mor rhagfarnllyd?"

Trawodd Cledwyn Morris y bwrdd o'i flaen yn galed nes bod y llestri'n neidio.

"Am 'mod i wedi clywed mwy na digon o'i hanes o. Mae pawb yn gwybod am ei dymer wyllt o, mae o fel penci os na chaiff o ei ffordd ei hun… "

"Mi dw i'n gwybod am ei dymer o…" atebodd Gwenan gan ddiystyru'n llwyr ddigwyddiadau y noson cynt, "… ond dydi o ddim fel 'na efo fi. Mae o'n annwyl ac yn dyner ac mae ganddo fo feddwl y byd ohona i… "

"Falla 'i fod o… ond mae ganddo fo feddwl y byd o'i fam hefyd yn ôl pob sôn, er i Nedw ei weld o'n ei hambygio hi fwy nag unwaith!"

"Nedw! Mi rydach chi'n gwrando ar lol rhyw grinc hanner pan fel 'na!"

"Fasa ganddo fo ddim achos i ddeud celwydd."

Cododd Gwenan oddi wrth y bwrdd yn wyllt.

"Reit. Mi dw i'n mynd yn ôl i Fangor. Wn i ddim be wnaeth i mi ddod yma yn y lle cynta. Sori Mam. Wn i y basach chi'n rhoi cyfle i ni."

"Ti'n ei ddewis o felly?" gofynnodd ei thad yn oeraidd.

"Ydw," atebodd Gwenan yn dawel. "Does gen i ddim dewis."

Anelodd at y drws.

"A be am y coleg?" gofynnodd Cledwyn cyn iddi fynd drwy'r drws. "Alli di byth fyw ar dy grant."

Deallodd Gwenan ei fygythiad.

"Stwffiwch eich coleg. Ma 'na betha pwysicach."

Rhythodd y ddau ar ei gilydd a daeth geiriau Catrin Morris fel cyllell i dorri'r tyndra.

"Dyna ddigon, y ddau ohonoch chi. Cledwyn, er mwyn Duw rho gyfle iddi. Alla i ddim byw os colla i hi, ac mi wn i o'r gora na allet titha ddim chwaith."

Daeth rhyw olwg ryfedd ar wyneb Cledwyn, golwg dyn wedi'i drechu yn groes i'w ewyllys.

"O'r gora," meddai'n ddistaw, "... o'r gora. Ond mi dw i'n deud wrthat ti Gwenan, ac mi ddweda i wrtho ynta. Os clywa i unrhyw si ei fod o yn gas efo ti neu'n frwnt efo ti, yna Duw a faddeuo i mi, mi ladda i o. Cyn wiried â 'mod i'n sefyll yma Gwenan, mi ladda i o."

***

"Wyt ti'n siŵr, Gwenan?"

"Ydw, am y degfed tro. Ydw, yn hollol siŵr."

Eisteddai Mared ar y gwely wrth ochr ei ffrind yn gafael yn ei llaw.

"Dyma beth yw picil, ond ife?"

"Diawl o bicil." atebodd Gwenan.

"Ond mi rwyt ti wedi bod yn gweithio mor galed, a'r busnes 'na wedyn efo dy rieni ynglŷn â Dyfan... wel ma'r pethe 'ma'n gallu effeithio... "

"Mared. Mi dw i fis yn hwyr. Mi dw i'n gwybod, yn gallu teimlo... a beth bynnag dyna pryd ddigwyddodd o... "

"Pryd?"

"Noson y miri 'na yn y dafarn. Ar ôl y ffrae, mi wnaethon ni gymodi heb i mi sylweddoli 'mod i wedi anghofio cymryd y bilsen."

Ysgydwodd Mared ei phen. Ni allai ddeall ei ffrind. Ni

allai ddeall sut allai hi fod mewn perthynas â rhywun a oedd iddi hi, er nad oedd hi'n ei adnabod yn dda, yn hollol atgas. Tybiai bod ei feddiant o Gwenan yn hollol annaturiol ac ni allai weld y dynfa tuag ato. Rhaid cyfaddef ei fod yn olygus iawn, iawn, ac o gofio'r synau a ddeuai trwy'r parwydydd tenau ar brydiau pan oedd Dyfan yn aros, mae'n debyg mai atynfa gorfforol a rhywiol oedd hi. Ymddangosai Gwenan yn ferch gall, ond roedd gan Dyfan rhyw afael mawr ynddi.

"Mi ddo' i 'da ti."

"I lle?" holodd Gwenan.

"Wel, at y meddyg. Gorau po gyntaf – i ti gael penderfynu beth i'w wneud."

"Be i'w neud?"

"Wel, ie. I gael erthyliad 'ta beth."

"Erthyliad?" Edrychodd Gwenan yn hurt ar ei ffrind. "O na. Fydd 'na ddim erthyliad. Mi fydd yn rhaid i ni briodi."

"Priodi! Pwylla, Gwenan. Paid bod mor dwp. S'mo ti 'di cwpla tymor cynta dy gwrs 'to. Elli dim ddim gadael."

Ni atebodd Gwenan.

"Beth am dy ddyfodol di? Beth am dy freuddwydion di?"

"Ma 'nyfodol i efo Dyfan. Fy mreuddwyd i ydi byw efo fo."

"O Gwenan, Gwenan."

"Wir i ti Mared. Mi dw i wedi ystyried pob posibilrwydd. Dw i ddim wedi meddwl am ddim arall ers mis. Os bydd Dyfan yn cytuno, mi fyddan ni'n priodi."

"S'mo fe'n gwybod 'to?"

"Nac ydi. Dw i am ddeud wrtho fo nos fory."

***

Roedd ymateb Dyfan yn hollol wahanol i'r hyn oedd Gwenan wedi ei ddisgwyl. Rhaid iddi gyfaddef ei bod yn nerfus iawn am ddweud wrtho. Doedd wybod sut fyddai Dyfan yn ymateb i bethau. Ond ofer fu ei phoeni.

"Babi... ein babi ni!" Edrychodd Dyfan arni'n anghrediniol.

"Ia," atebodd hithau.

"Ond... ond sut?"

Lledodd rhyw hanner gwên dros wyneb Gwenan wrth feddwl am ateb gwirion i'w gwestiwn, ond ni allai wamalu.

"Wel... y... arna i ma'r bai, Dyfan. Sori. Y noson 'na oeddan ni wedi ffraeo... mi anghofiais i gymryd y bilsen." Roedd ei llais braidd yn grynedig gan nad oedd yn gallu darllen ei ymateb.

Yn sydyn gafaelodd Dyfan amdani.

"O, Gwen. Dyma'r newyddion gora dw i wedi ei gael erioed."

Gollyngodd hi a gwelodd bod dagrau yn ei lygaid.

"Mi gawn ni briodi. Mi fyddan ni'n iawn. Ti, fi a'r babi." Gafaelodd yn dynn yn ei llaw. "Mi fydd Mam mor falch."

Rhoddodd ei eiriau ysgytwad i Gwenan. Meddyliodd am ymateb ei rhieni hi. Sylweddolodd hefyd pa mor naïf y swniai Dyfan.

Mae'n rhaid bod Dyfan wedi synhwyro rhyw newid ynddi, oherwydd gofynnodd, "Gwenan. Mi wyt ti isio fy mhriodi i, dwyt?"

"Ydw, siŵr," atebodd hithau gan geisio cau tymer ei thad o'i meddwl. "Mi ro'n i'n poeni braidd na fasat ti isio 'mhriodi i!" Gwenodd arno.

"Gwenan. Gwenan. Wrth gwrs 'mod i. Fi pia ti rŵan, fi a neb arall, am byth."

Ac er bod gwres canolog neuadd y coleg yn rhuo fel arfer, teimlodd Gwenan ias, fel pa bai rhywun wedi rhoi llaw oer ar ei chalon. A gwyddai nad ofn dweud wrth ei rhieni oedd yr unig ofn a deimlai.

Pennod 5

"Reit. Gwenwch. Un arall. Diolch. Dyna chi... Mam y priodfab rŵan... "

Er fod cymylau duon yn casglu uwch eu pennau, llwyddodd y glaw i gadw draw tra roeddynt yn cael tynnu eu lluniau. Roedd Gwenan wedi deffro ers pump y bore ac wedi edrych drwy'r ffenest ar y tywydd bob hanner awr hyd nes oedd hi'n amser gadael am y swyddfa gofrestru.

Rhyw ddiwrnod diflas yng nghanol mis Ionawr oedd hi, diwrnod a adlewyrchai deimladau Cledwyn Morris i'r dim. Roedd yr wythnosau diwethaf wedi bod yn hunllef iddo, y Nadolig wedi cyrraedd ac wedi pasio heb i neb yn yr Ynys dalu llawer o sylw. Ni anghofiai Cledwyn Morris tra byddai byw y noson y dywedodd Gwenan a Dyfan eu newyddion wrtho ef a Catrin. Gallai weld y pryder yn wyneb ei ferch, ei hofn a'i hedifar am y boen a achosai i'w rhieini, ond gallai weld hefyd rhyw falchder ar wyneb Dyfan; rhyw fuddugoliaeth a meddiant o'i ddarpar wraig a'r plentyn a gariai. Teimlai'n sâl yn llythrennol, ac ofnai ei fod yn mynd i gael trawiad neu rhywbeth cyffelyb gan na allai anadlu nac ychwaith yngan gair. Ni sylweddolodd tan hynny dynes mor gryf oedd ei wraig. Hi ddeliodd â'r sefyllfa, hi ddarbwyllodd ef yn y pen draw nad oedd ganddynt ddewis ond i dderbyn penderfyniad Gwenan i adael y coleg a phriodi. Hi hefyd lwyddodd i'w berswadio i roi yr Hafod iddynt yn gartref. Ni allai gymryd arno nad oedd yn ei chlywed yn crio yn y gwely cyn cysgu bob nos, a chymaint oedd ei dosturi ni allai chwaith ei chysuro.

Ceisiodd gael sgwrs gall â'i ferch un diwrnod er mwyn ceisio gwneud iddi weld fod ganddi hi ddewis ac y byddai ei rhieni yn ei chefnogi. Ond ni wrandawai arno. Roedd hi wedi gwneud ei phenderfyniad a doedd dim troi arni. A nawr roedd popeth drosodd. Y briodas drosodd a'r ddau yn ŵr a gwraig – Mr a Mrs Dyfan Hughes.

Anelodd Cledwyn am y bar yn y gwesty lle'r oedd y neithior yn cael ei gynnal, ac am y tro cyntaf ers blynyddoedd lawer gadawodd i beintiau a wisgi leddfu ychydig ar ei boen.

***

Roedd bywyd yn yr Hafod yn fêl i gyd ar y dechrau. Mwynheuai Gwenan gael trefn ar y lle a rhyw botsian o gwmpas tra roedd Dyfan yn y gwaith. Byddai'n glanhau rhyw ychydig, yn dadorchuddio llestri tlws i'w rhoi ar y ddresel ac yn coginio hoff brydau bwyd ei gŵr erbyn y deuai gartref. Ceisiai fynd am dro bob dydd, a châi sgwrs â hwn a llall ond ni âi i'r Ynys yn aml. Roedd y briwiau'n rhy ffres, ac ni fynnai wynebu ei thad ar ei phen ei hun rhag iddo ddechrau lladd ar Dyfan. Ar brydiau wrth lanhau'r llofftydd deuai ar draws ei phethau coleg a hiraethai am ei ffrindiau a'i bywyd fel myfyriwr, er cyn lleied ei phrofiad ohono. Doedd hi ddim wedi gweld Mared ers y briodas. Roedd Dyfan yn gyndyn iawn iddi wahodd neb draw, a chan eu bod yn dal ar eu 'mis mêl' ni fynnai hithau ei ypsetio.

***

Ymhen deufis wedi'r briodas roedd Gwenan yn mynd i'r ysbyty ym Mangor i gael archwiliad. Roedd hi'n feichiog ers pedwar mis erbyn hyn ac roedd Dyfan wedi bwriadu mynd efo hi. Rhoddodd rhyw joban funud olaf yn y garej daw ar hynny, a bu'n rhaid iddi fynd ar ei phen ei hun. Gwyddai y byddai ei mam wedi cytuno mynd gyda hi ond croesawai Gwenan y cyfle i fod ei hun, a dywedodd wrth Dyfan y byddai yn cael cip o gwmpas y dref ar ôl ei hapwyntiad.

Cyrhaeddodd yr ysbyty mewn da bryd wedi teithio ar y bws, ac ni fu'n aros yn hir iawn am ei thro. Er fod popeth yn ymddangos yn weddol foddhaol ar y cyfan roedd y meddyg ychydig yn bryderus fod ei phwysau gwaed braidd yn uchel, a dywedodd wrthi'n blwmp ac yn blaen ei fod yn ymwybodol ei bod yn dal i bob pwrpas ar ei mis mêl, ond y byddai'n ddoeth iddi hi a'i gŵr bwyllo rhyw ychydig wrth garu. Gwridodd Gwenan a chywilyddio wrth sylweddoli bod y meddyg wedi gweld ac wedi deall arwyddocâd y cleisiau caru ar ei chorff.

Aeth ar fws i'r dref, ac ar ôl cael paned a brechdan aeth o gwmpas y siopau. Roedd hi wrthi'n edrych ar ddillad babis pan glywodd lais o'r tu ôl iddi.

"Wel, wel, Gwenan myn uffern i!"

"Mared. O Mared! Sut wyt ti?" Roedd Gwenan yn falch o weld ei ffrind.

"Iawn. Iawn. A shwt wyt ti 'te?"

"Wel, iawn, finna hefyd. Newydd fod yn yr ysbyty ydw i."

"Does dim o'i le, nag oes?"

"Nag oes siŵr, dim ond *check up*."

"Wel, mi rwyt ti'n edrych yn dda, ta beth," gafaelodd Mared ym mreichiau Gwenan a'i dal hyd braich, "ac o weld y cleisiau 'na o gwmpas dy wddf, baswn i'n dweud bod bywyd priodasol yn dy siwtio di!"

Tynnodd Gwenan y sgarff yn dynnach am ei gwddf gan gywilyddio am yr eildro y diwrnod hwnnw. Roedd hi wedi gofyn i Dyfan beidio â bod mor wyllt a'i marcio pob tro y bydden nhw'n caru, ond roedd o wedi mynd mor flin, ac wedi dweud wrthi ei fod yn naturiol iddo fod eisiau dangos i bawb mai ef oedd pia hi. Ni fynnai wrando wrth iddi ddweud bod y ffaith eu bod yn briod yn ddigon o arwydd o hynny, a rhoddodd hithau'r gorau i geisio ei ddarbwyllo.

Wrth weld rhyw olwg ryfedd ar ei hwyneb gofynnodd Mared, "Wyt ti'n iawn, Gwenan?"

"Ydw siŵr, yn berffaith iawn. Pam felly?"

"O, s'mo i'n gwybod. Heb glywed dim gennyt ti ers y briodas a phoeni amdanat ti mae'n debyg."

"Sori, Mared. Mi wyddost sut mae petha. Tŷ newydd a phob dim... "

"Ie, wrth gwrs. Paid talu sylw ohono i. Gweld dy golli di, dyna i gyd."

Gwenodd Gwenan, a llwyddodd i droi'r sgwrs gan dynnu sylw Mared at y dillad babi ar y silff. Mynnodd Mared gael prynu rhywbeth iddi, gan ddweud ei bod wedi derbyn siec gan ei mam drwy'r post ac yn teimlo'n hael. Ffarweliodd y ddwy yn fuan wedyn gan fod Mared eisiau cerdded i fyny'r bryn i'r coleg ar gyfer ei darlith erbyn tri. Addawodd Gwenan gadw mewn cysylltiad – gan wybod yn iawn na chadwai at ei gair gan na fyddai Dyfan yn fodlon iddi wneud hynny.

Isel iawn oedd ei hysbryd wrth iddi gerdded i ddal ei

bws am adref, yr oedd yn sylweddoli am y tro cyntaf cymaint o lanast yr oedd hi wedi ei wneud o'i bywyd.

***

Roedd hi'n dal i eistedd yn y gadair freichiau wrth yr aga yn y gegin pan gyrhaeddodd Dyfan adref. Wrth ei gweld yn eistedd yna heb arlliw o swper rhedodd ati a disgynnodd ar ei liniau o'i blaen.

"Gwenan?" Rhoddodd ei law ar ei bol. "Ydi'r babi'n iawn?"

Ochneidiodd Gwenan gan gasglu ei meddyliau o rhyw fyd pell i ffwrdd.

"Ydi. Ydi siŵr."

"Be sy'n bod, 'ta. Pam wyt ti'n ista yn fama?"

"Dim rheswm. Wedi blino braidd."

Cododd Dyfan ar ei draed gan wneud pwynt o edrych o gwmpas y gegin.

"Mae'n ddrwg gen i Dyfan. Wnes i ddim sylweddoli faint o'r gloch oedd hi. Mi wna i rywbeth i ni i'w fwyta rŵan."

Cododd hithau o'r gadair wrth weld yr olwg flin ar ei wyneb.

"Mi dw i wedi cael diwrnod caled yn y garej. Y peth lleia i'w ddisgwyl fasa tamaid o fwyd."

"O'r gora. Fydda i fawr o dro rŵan." Ceisiodd Gwenan beidio cynhyrfu o gofio'r hyn ddywedodd y meddyg am y pwysau gwaed a chroesodd at y sinc i ddechrau plicio tatws.

"Be 'di hwn?" Trodd Gwenan i weld fod Dyfan wedi codi'r gôt wlân fach felen yr oedd Mared wedi ei phrynu iddi. Cyn iddi gael cyfle i ateb dywedodd Dyfan, "Ti'n gwybod nad oes genno ni lawer o bres. Mi ddwedish i wrthot ti am beidio gwario!"

Roedd ei wyneb fel taran, a theimlodd Gwenan ei thu mewn yn dechrau crynu.

"Wnes i ddim. Mared brynodd hi... "

"Mared!" Ynganodd Dyfan enw ei ffrind yn ddirmygus.

"Ia. Mi welish i hi yn y dre, ac mi fynnodd brynu rhywbeth i'r babi."

"Ma'n gas genno fi'r bitsh yna. Dw i ddim isio i chdi 'i gweld hi, a dan ni ddim isio'i blydi presanta hi chwaith."

Gafaelodd yn y gôt wlân a'i thaflu i'r bin sbwriel.

Teimlodd Gwenan gur yn dechrau bowndian yn ei phen a dagrau yn dechrau pricio y tu ôl i'w llygaid.

"Wn i," meddai, gan geisio cadw normalrwydd yn ei llais. "Mi ddwedish i wrthi hi."

"Deud be?" gofynnodd Dyfan.

"Deud nad oeddan ni isio ei gweld hi eto; fod... fod ein perthynas wedi gorffen pan adewais i'r coleg."

Croesodd Gwenan ei bysedd y tu cefn iddi, hen arferiad wrth ddweud celwydd yn blentyn.

Lledodd gwên dros wyneb Dyfan. "Do wir?"

Ceisiodd Gwenan wenu yn ôl arno, ei cheg yn brifo efo'r ystym. "Do. Wel doedd 'na ddim pwynt. Does gen i ddim yn gyffredin efo hi... "

Trodd oddi wrtho a chofleidiodd yntau hi o'r tu cefn, ei ddwylo yn anwesu ei bol.

"Gwenan. Ofn oeddwn i. Ofn i'w siarad hi am y coleg ac ati dy ypsetio di, a gwneud i chdi ddifaru 'mhriodi i." Gafaelodd yn dynnach amdani, ond llwyddodd Gwenan i droi yn ei freichiau a'i wynebu.

"Paid â bod yn wirion, Dyfan. Efo ti dw i isio bod."

Cusanodd Gwenan ei gŵr, yn falch fod ei dymer fain

wedi pasio.

"Gollwng fi wir," meddai, "i mi gael gwneud pryd o fwyd inni."

Gafaelodd Dyfan ynddi'n dynnach. "Be am i ni anghofio am y bwyd Mrs Hughes. Dw i'n siŵr y bydda'n well i chdi gael seibiant bach ar y gwely."

Chwarddodd Gwenan wrth glywed ei gellwair, a'i wthio yn chwareus oddi wrthi.

"Ac ma'r meddyg wedi deud llai o hynny hefyd!"

Fferrodd ei gwên wrth weld wyneb Dyfan. Gollyngodd hi a chamodd hithau'n ôl oddi wrtho, ond parhaodd i afael yn ei braich. Gwasgodd ei garddwrn.

"Be ti'n feddwl?"

"Wel, mi roedd o'n poeni am fy mhwysau gwaed i, ac yn bryderus ein bod ni braidd yn rhy egnïol."

"Mi ddwedist ti wrtho fo?" Roedd llais Dyfan yn llawn tyndra.

"Naddo, siŵr. Mi roedd o'n gallu gweld... "

"Gweld? Gweld be?"

Gwylltiodd Gwenan o gofio'r cywilydd a deimlodd wrth i'r meddyg ei archwilio.

"Gweld y marciau coch ar du mewn fy nghluniau, gweld y cleisiau caru a'r brathiadau ar fy ngwddw!"

Gwelodd rhyw falchder yn ei lygaid.

"Fuo gen i 'rioed y fath gywilydd," ychwanegodd yn ddistaw.

Teimlodd Gwenan boen yng ngwaelod ei chefn wrth iddi syrthio yn erbyn y ddresel a sylweddolodd mai nerth cledr ei law ar ochr ei hwyneb a'i lluchiodd yno. Ceisiodd sythu ac agor ei llygaid a gwelodd wyneb Dyfan yn gwegian yn simsan o'i blaen. Caeodd ei llygaid a throdd oddi wrtho fel y trawodd ei ddwrn ei hysgwydd.

"A be dw i i fod i'w wneud tra mae dy goesau di ar gau?"

Teimlodd Gwenan gyfog yn ei gwddf, ond llwyddodd i'w lyncu yn ôl i'w pherfeddion rhag ei gythruddo'n waeth.

Edrychodd Gwenan arno trwy un llygad. Ni allai agor y llall. Edrychai fel dyn gwyllt, ei lygaid yn fawr ac yn ddu ac yn disgleirio'n annaturiol yn ei ben. Ni allai ateb.

Gafaelodd Dyfan yn ei braich a'i thaflu i'r gadair freichiau.

"Yr ast ddigywilydd. Ar ôl i ti hwrio o 'nghwmpas i am fisoedd, yn methu cael digon. Pan mae'n dy siwtio di... " aeth ymlaen ac ymlaen gan ei galw'n bopeth dan haul, "... ond mi gei di weld. Mi fydd yn edifar gen ti beidio â gadael i mi gael fy nhamaid!" Estynnodd am ei gôt ac anelodd am y drws. "A phaid â disgwyl y bydda i'n ôl heno."

***

Bu Nedw'n sefyll yn hir yn edrych ar Gwenan cyn iddi sylweddoli ei fod yno. Ceisiodd eistedd i fyny a thwtio'i hun tra'n ochneidio crio'n ddistaw. Er ei bod yn gallu agor ei llygad ddolurus erbyn hyn, roedd yn andros o boenus.

Neidiodd o'i chroen wrth weld bod ganddi gwmni.

"Nedw," meddai'n ddistaw. "Be wyt ti'n neud yma?"

Roedd ganddo dusw o friallu cynnar yn ei law, ac meddai, "Dod â rhain i chdi. Mi a' i i nôl Cledwyn Morris."

"Na!" Teimlodd Gwenan boen yn ei hysgwydd wrth geisio codi i'w atal.

"Na. Paid, Nedw. Plîs paid." Ni wyddai Gwenan faint oedd Nedw wedi ei weld. "Mi ddisgynais i o ben y gadair.

Trio hongian llun. Mi fydda i yn iawn rŵan."

Cerddodd Nedw yn araf tuag ati gan blygu a rhoi y blodau yn ei glin. Edrychodd ar ei hwyneb briwiedig ac ysgydwodd ei ben.

"Fel Pegi," meddai.

"Be?" holodd Gwenan.

"Fel Pegi Hughes. Fydd Pegi yn brifo yn aml hefyd. Yn aml iawn pan oedd Dyfan yn byw yno."

Teimlodd Gwenan y dagrau yn llifo i lawr ei gruddiau a rhyw boen o'r tu mewn iddi nad oedd wnelo fo o gwbl â'r grasfa yr oedd wedi ei dderbyn.

"Pegi," meddai Nedw eto. "Mi a' i i nôl Pegi."

Amneidiodd Gwenan ei phen mewn cytundeb gan sylweddoli mai ond ei mam-yng-nghyfraith allai ei helpu.

***

Roedd Gwenan yn dal i eistedd yn y gadair freichiau pan gyrhaeddodd ei mam-yng-nghyfraith a Nedw wrth ei chwt. Roedd hi wedi peidio crio bellach a theimlai rhyw ddicter a siom yn Pegi Hughes. Tyfodd y dicter wrth iddi weld y wraig hŷn.

"Pam na fasach chi wedi deud wrtha i?"

Petrusodd Pegi Hughes rhyw ychydig cyn ateb.

"Deud be, Gwenan fach?"

Roedd llais Gwenan yn hollol ddiemosiwn.

"Deud sut un ydi o."

"Wn i ddim be dach chi'n feddwl, Gwenan… "

Nid oedd ei mam-yng-nghyfraith wedi llwyddo i'w galw'n *ti* hyd yn hyn.

"Nedw ddwedodd… " dechreuodd Gwenan egluro.

"O, peidiwch â chymryd sylw o Nedw a'i baldaruo.

Disgyn ddaru chi?"

Cododd Gwenan ar ei thraed, ei thymer yn berwi eto.

"Naci, ddim disgyn wnes i. Teimlo cledr llaw eich mab ar ochr fy ngwyneb a'i ddwrn brwnt ar fy ysgwydd."

Teimlai Gwenan yn gryfach, ac nid oedd arni ofn ateb ei mam-yng-nghyfraith yn herfeiddiol.

"O, Gwenan, Gwenan... Rhyw gamddealltwriaeth rhyngoch chi a Dyfan... "

"Camddealltwriaeth? Sut ma rhywun yn camddeall peltan?"

Trodd Pegi Hughes at y ffenest. Ni allai edrych ar wyneb briwiedig y ferch o'i blaen. Teimlai ei thu mewn yn corddi ac yn crynu, a chlywai lais Gwenan fel petai o'n bell i ffwrdd.

"Drychwch arna i. Rydach chi'n gyfarwydd â hyn mae'n debyg."

Gwingodd Pegi Hughes wrth glywed ei geiriau.

Dechreuodd Gwenan grio eto.

"Mi aberthais i bob dim iddo fo... bob dim," roedd ei llais yn ddistaw ac yn anodd i'w ddeall yng nghanol yr igian crio, "... fy ngholeg... ffrindiau... a hyd yn oed Mam a Dad... "

Wrth sôn am ei rhieni dechreuodd feichio crio a disgynnodd yn drwm i'r gadair yn ôl.

"Pedair ar bymtheg ydw i... drychwch arna i... yn cael hanner fy lladd tra ma'n ffrindia allan yn mwynhau ac yn edrych ymlaen am y dyfodol."

Gwyrodd ei phen i'w glin ac aeth Pegi Hughes ati gan afael amdani a cheisio ei chysuro.

"Y babi?" gofynnodd wrth sylweddoli beth allai ddigwydd.

"Ma'n iawn dw i'n meddwl," atebodd Gwenan, "does

gen i ddim poen beth bynnag."

"Dydi o ddim yn ei feddwl o Gwenan," meddai Pegi Hughes. "Colli arno'i hun mae o, byr ei dymer... colli rheolaeth. Mae o yn eich caru chi, dach chi'n gwybod hynny."

"Wel, mae ganddo fo ffordd ryfedd iawn o ddangos hynny," atebodd Gwenan.

"O, Gwenan fach," meddai Pegi gan sychu wyneb y ferch â hances boced. "Dydi o ddim wedi'ch brifo chi o'r blaen... nac ydi?"

Petrusodd Gwenan cyn ateb. "Wel, dydi o rioed wedi 'nharo fi o'r blaen, ond mae o'n fy mrifo i'n aml." Cofiai o'n gafael ynddi'n go arw, yn gwasgu ei garddwrn yn aml, yn plannu ei fysedd i'w braich, yn tynnu ei gwallt yn frwnt a hynny weithiau wrth ei chusanu. Ac yna eu caru. Ni allai ddweud fod eu caru yn dyner bob amser, er na wyddai hi ddim i'r gwrthwyneb. Byddai ei chluniau rhwng ei choesau yn gleisiau yn aml, ei bronnau yn ddolurus i'w cyffwrdd a'i gwefusau yn ddu las, ac ni fynnai Dyfan wrando ar ei phrotestiadau. Beiai ef hi, gan ddweud ei bod yn ei yrru yn wallgof gan chwant.

"Ond, Gwenan fach, mae Dyfan yn fachgen cryf, a chitha falla yn unig blentyn a ddim wedi arfer efo cadw reiat a chellwair."

Sylweddolodd Gwenan mai ofer fyddai dweud dim mwy, ac yna cofiodd yn sydyn am Nedw. Doedd dim golwg ohono.

"Nedw!" galwodd. Dim ateb. "Lle aeth o?" gofynnodd wrth Pegi.

"Adre debyg, wedi iddo fo weld eich bod chi'n iawn. Peidiwch â phoeni. Mae Nedw'n gweld pob math o betha o gwmpas y lle 'ma. Ddwedith o ddim wrth neb am eich... am eich damwain."

'Cweir,' meddyliodd Gwenan, 'pam na ddwedwch chi'n gair cweir... cweir... '

"Ylwch Gwenan, mae'n well i mi fynd... dw i 'n gweld eich bod chi'n iawn. Dw i ddim yn meddwl y byddai'n beth doeth i mi fod yma pan ddaw Dyfan yn ôl."

"Os daw o."

"Daw siŵr. I lle arall aiff o? Ewch am eich gwely yn fuan, ac mi fydd popeth yn iawn yn y bora, mi gewch chi weld."

Ac aeth Pegi Hughes gartre heb sylwi ar ei ffordd allan drwy ddrws y cefn ar Nedw'n llechu yn yr ardd.

**

Gwnaeth Gwenan baned o de iddi ei hun a defnyddiodd ddŵr poeth o'r tegell a halen i olchi'r briw dan ei llygad. Roedd y chwydd wedi mynd i lawr ond roedd yn dechrau duo.

Bu'n eistedd am oriau yn pendroni a cheisio dyfalu beth i wneud nesaf. Fe wyddai fod Dyfan yn fyr ei dymer cyn ei briodi, ac i fod yn deg, roedd misoedd cyntaf eu priodas wedi bod yn rhai hapus. Efallai fod Dyfan yn gymeriad eithaf garw, ond gwyddai o'r gorau ei fod yn ei charu. Roedd hithau hefyd yn anodd ar brydiau – wedi arfer cael ei ffordd ei hun, wedi ei difetha gan ei rhieni. Mae'n debyg ei bod hi wedi ailadrodd geiriau'r meddyg mewn ffordd ansensitif a hollol ddiystyriol o'i deimladau. Wedi'r cyfan roedd rhyw yn rhan bwysig o berthynas unrhyw gwpwl ifanc.

Penderfynodd fynd i'w gwely. Agorodd ddrws y cefn i wneud yn siŵr fod y goriad sbâr o dan y pot blodau. Wrth wneud hynny tybiodd iddi weld rhywbeth yn symud yn yr ardd. Craffodd i'r tywyllwch.

"Dyfan?" Dim ateb. Rhyw gath mae'n debyg, meddyliodd, ac yna caeodd y drws a'i gloi cyn ymbalfalu yn llesg am ei gwely.

***

Deffrodd Gwenan i arogl coginio. Roedd ganddi gur yn ei phen a chafodd drafferth i agor ei llygad chwith. Cododd ei llaw i gyffwrdd ei boch. Roedd yn boenus braidd. Yna cofiodd, llifodd digwyddiadau y noson gynt drosti fel ton a llanwodd ei thu mewn gyda rhyw deimlad gwag.

Edrychodd ar y cloc. Hanner awr wedi naw. Mae'n rhaid ei fod wedi dod adre. Edrychodd ar ei ochr ef o'r gwely a gweld nad oedd wedi cysgu yno. Doedd dim golwg o'i ddillad yn yr ystafell. Gorweddodd yn llonydd yn y gwely gan ystyried sut i'w wynebu, sut i ymddwyn. Doedd hi ddim am ymddiheuro. Roedd hi am ddweud wrtho ei bod am ei adael. Am fygwth ei adael. Byddai'n gryf, ni fyddai'n dangos ofn o gwbl, roedd hi'n...

Agorodd y drws yn araf. Yn y llwyd-dywyllwch gallai weld Dyfan yn sefyll yno gyda hambwrdd yn ei law.

"Gwenan. Mi dw i wedi gneud brecwast i chdi."

Gosododd yr hambwrdd ar waelod y gwely ac aeth i agor y llenni. Ceisiodd Gwenan eistedd i fyny ond ni ddywedodd air. Trodd yntau ati a safodd yn syfrdan wrth weld ei hwyneb. Gwelodd Gwenan y sioc yn ei lygaid ac yna'r cywilydd yn treiddio drwy'i gorff.

Rhuthrodd ati gan eistedd ar y gwely a'i chofleidio. Doedd ganddi mo'r nerth i'w wthio i ffwrdd. Gafaelodd ynddi'n dynn gan fwytho'i gwallt a dechreuodd feichio crio. Doedd Gwenan ddim wedi disgwyl hyn.

"O, Gwenan, Gwenan, be sy wedi digwydd i chdi?" Gollyngodd hi ac edrychodd ar ei hwyneb. Byseddodd ei briw yn ofalus. "O, sori. Sori. Dw i'n dy garu di Gwenan."

Dechreuodd ei chusanu yn dyner, ei ddagrau hallt yn llosgi'r briw ar ei grudd. Taenodd ei dafod dros ei gwefusau a bu bron iddi ei wthio i ffwrdd. Yna gwthiodd ei law oddi tan ei choban i afael yn ei bron. Roedd ei law yn oer yn erbyn ei chroen ac yn teimlo'n braf. Tynnodd ei choban dros ei phen ac ufuddhaodd hithau drwy godi'i breichiau. Teimlodd boen yn ei hysgwydd ac atgoffodd hyn hi o'r bygythiadau yr oedd wedi bwriadu eu gwneud, ond aeth rhain yn angof wrth i'w gusanau gyrraedd ei bronnau. Suddodd Gwenan yn is yn y gwely fel y cododd Dyfan i gau'r llenni unwaith eto, gosod yr hambwrdd ar y llawr a thynnu ei ddillad. Ni flasodd Gwenan garu mor nwydus dyner ers dechrau eu perthynas, a thybiodd fod sail i'r hen ddywediad 'wrth gicio a brathu... '

Pennod 6

Edrychai Gwenan drwy ffenest y gegin gefn ar y briallu a dyfai yn yr ardd gan feddwl mor braf oedd ei bywyd. Fel hyn roedd pethau i fod. Fel hyn roedd hi wedi dychmygu ei bywyd priodasol efo Dyfan. Roedd pethau yn arbennig o dda rhyngddynt ers y noson hunllefus honno rai wythnosau yn ôl. Doedd dim yn ormod o drafferth i Dyfan, roedd o'n helpu o gwmpas y tŷ, yn mynnu ei bod yn aros yn ei gwely yn y boreau ac yn dod â phaned iddi. Roedd o'n prynu blodau iddi a rhyw fanion ar gyfer y babi ac wedi dechrau gweithio oriau ychwanegol yn y garej o bryd i'w gilydd er mwyn cael cyflog ychwanegol. Gan ei bod yn hapusach ei byd roedd hi wedi meirioli cryn dipyn tuag at ei rhieni, ac fe âi am dro i'r Ynys am y pnawn yn weddol aml. Closiodd at ei mam unwaith eto a bu bron iddi drafod helbulon misoedd cyntaf ei phriodas gyda hi, ond gwyddai mai annoeth fyddai hynny, felly cadwodd yn dawel.

Clywodd sŵn traed yn dod heibio talcen y tŷ a gwelodd ei mam yn y drws cefn.

"Mam! Be sy'n dod â chi 'ma?" holodd.

"Wedi dod â rhywbeth bach i ti gan dy fod ti'n mynd allan heno." Estynnodd fag plastig i Gwenan. "Meddwl y basa'n mynd efo'r ffrog wyt ti am ei gwisgo."

Tynnodd Gwenan siaced lliw hufen allan o'r bag, siaced ysgafn eithaf llac ei steil, a fyddai'n gweddu'n wych efo'r ffrog ddu a brynodd yr wythnos cynt.

"O, Mam! Doedd dim isio i chi. Mi ro'n i am wisgo cardigan!"

"Dyna feddyliais i pan welais i hon. Mi fydd hi'n smartiach o lawer na chardigan i ti. Wedi'r cwbl mae'n rhaid i ti edrych yn iawn, a chditha'n mynd allan efo cydweithwyr dy ŵr am y tro cyntaf."

Chwarddodd Gwenan, gan ddweud, "Bobol bach, mi rydach chi'n gwneud iddyn nhw swnio fwy fel bancars na mecanics!"

Sylweddolodd Gwenan arwyddocâd ei geiriau wrth edrych ar wyneb ei mam. Roedd hi'n meddwl sut y gallai pethau fod wedi bod petai ei merch heb gyfarfod â Dyfan ac wedi gadael y coleg. Ni ddywedodd Gwenan air gan ddeall am unwaith yr holl boen yr oedd wedi ei achosi i'w mam wrth chwalu ei breuddwydion, a wynebu am y tro cyntaf hefyd fod ei breuddwydion hithau hefyd wedi'u chwalu'n deilchion.

"Diolch i chi, Mam."

"Croeso. Mi edrychi di'n ddel iawn. Mi fydd Dyfan yn falch ohonot ti."

"Bydd, gobeithio," atebodd Gwenan gan anwesu'i bol. Roedd hi bellach bron i chwe mis yn feichiog ac yn dechrau teimlo'n anghyfforddus ynglŷn â'i siâp. Doedd hi erioed wedi bod fel styllen o denau ond roedd ganddi gorff siapus cyhyrog a gwirionai Dyfan ar ei siâp ar y dechrau. Ar brydiau nawr teimlai ei fod yn ffieiddio at ei chorff, er na ddywedai ddim, ac mai dyna pam y cai lonydd yn fwy aml na pheidio wrth iddo droi ei gefn arni yn y gwely. Ond eto roedd o'n llawer mwy tyner ac roedd hynny yn braf iawn.

"Dewch i eistedd wir," meddai wrth ei mam, "ac mi

gawn ni baned."

"Na, wna i ddim dy gadw di," atebodd Catrin Morris. "Mae'n siŵr dy fod ti isio paratoi at heno. Faint ohonoch chi sy'n mynd?"

"Rhyw wyth ohonan ni dw i'n meddwl. Mi dw i'n eu nabod nhw i gyd heblaw am yr hogan newydd sy yn y swyddfa."

"O, ma 'na hogan newydd yn gweithio 'na?"

"Oes. Sam wedi penderfynu cyflogi rhywun i wneud y gwaith papur o'r diwedd a'i adael ynta i weithio ar y ceir. Ma hi'n prysuro yno."

"O, da iawn wir."

"Ia. Ma'n siawns i Dyfan weithio chydig mwy o oria, jest y peth i ni ar hyn o bryd. Mi gafodd o chydig o oria ychwanegol neithiwr fel mae'n digwydd."

"Neithiwr?" gofynnodd ei mam.

"Ia. Pam?"

"O, dim... dim."

"Dowch 'laen, Mam. Mae rhywbeth ar eich meddwl."

"Wel, na... dim ond... wel, bod dy dad wedi taro arno fo yn y Bull neithiwr. Fuon nhw ddim yn siarad cofia, rhyw gipolwg gafodd dy dad ohono fo wrth iddo fo adael."

"Ydach chi'n siŵr?"

"Wel, dyna ddwedodd dy dad."

"Faint o'r gloch oedd hi?"

"Wn i ddim. Mi roedd dy dad adra tua hanner awr wedi naw; wedi mynd am un sydyn ar ôl danfon Nedw adra."

"Wel, mi roedd Dyfan yn gweithio tan naw... "

"Tan naw!" torrodd ei mam ar ei thraws. "Be sy ar feddwl Sam?"

"Wel, roedd 'na rhyw joban go fawr ar rhyw Landrover

medda fo. Mi es i i 'ngwely'n fuan. Ma'n debyg fod Dyfan wedi mynd am beint wedyn. Wn i ddim, wnes i ddim gofyn."

"Ia, debyg." Gallai Catrin Morris weld bod ei merch yn dechrau rhyw gynhyrfu, ac ni ddywedodd ddim mwy am y peth. "Gwranda. Fasat ti'n hoffi i mi olchi dy wallt di a'i godi i fyny neu'i blethu o?"

"O, diolch Mam. Mi fasa hynny'n braf iawn. Mi ga' inna ymlacio ac edrych ymlaen at heno. Dydan ni ddim wedi cael noson allan efo'n gilydd ers tro."

***

Pan gyrhaeddodd Dyfan adref roedd Gwenan yn barod heblaw am wisgo'i ffrog. Eisteddai yn ei gŵn nos yn darllen cylchgrawn, ei gwallt wedi'i godi a'i cholur yn berffaith. Edrychodd Dyfan arni gan feddwl mor dlws oedd hi. Cusanodd hi'n ysgafn, yntau am unwaith ofn difetha ei gwallt a'i cholur.

"Mi a' i i redeg bath i ti," meddai wrtho, "ac mi ddôi a phaned i fyny i ti wedyn."

"Mi fasa'n well gen i gan o lagyr," atebodd yntau.

Eisteddodd Gwenan ar y llawr yn yr ystafell ymolchi tra roedd Dyfan yn y bath, y ddau yn sgwrsio am eu diwrnod.

"Mi fuo Mam yma heddiw."

"Do? Be oedd hi isio?"

"Wel…" doedd Gwenan ddim yn siŵr sut i grybwyll y siaced newydd, "… paid â gwylltio, ond mi ddaeth hi ag anrheg i mi… "

"Anrheg?"

"Ia, siaced newydd. Doedd hi ddim yn meddwl dim… "

Dechreuodd ei llais grynu. Gwyddai nad oedd o ddim yn hoff o dderbyn 'cardod' fel y'i galwai gan ei rhieni. "... meddwl y byddai'n edrych yn smart efo'r ffrog dw i'n wisgo heno."

Gwelodd Gwenan rhyw ddicter yn fflachio yn ei lygaid a dechreuodd ei thu mewn gorddi. Yna gwenodd gan ddweud, "Wel, mi rwyt ti'n haeddu cael dy sbwylio weithiau, hyd yn oed os na fedra i neud hynny."

Ni atebodd Gwenan, gan y synhwyrai y byddai ond yn ei wylltio fwy. Cododd ar ei thraed.

"Dw i am fynd i wisgo. Mae dy ddillad ditha'n barod ar y gwely."

***

Roedd ychydig o'r criw wedi cyrraedd y bwyty yn barod. Syniad Sam, y perchennog, oedd y swper, i ddathlu ugain mlynedd o fusnes llwyddiannus y garej. Roedd Gwenan yn hoff o Sam. Roedd ganddo air caredig iddi bob amser yr âi heibio'r garej, a thybiai Gwenan ei fod yn gwybod yn iawn am dymer Dyfan. Er hyn roedd gan Dyfan barch mawr ato ac edrychai arno fel rhyw hoff ewythr.

"Gwenan fach, dowch i eistedd yn fama," meddai Sam gan glosio at ei wraig i wneud lle iddi. "Mi rydach chi'n adnabod pawb dydach... wel, heblaw am Brenda." Edrychodd Sam tuag at y ferch oedd yn dychwelyd o'r bar gyda hambwrdd yn llawn diodydd yn ei llaw.

"Brenda, dyma Gwenan, gwraig Dyfan." Trodd at Gwenan. "Brenda sy wedi dechra yn yr offis 'cw."

Edrychodd y ddwy ar ei gilydd. Rhoddodd y ferch yr hambwrdd i lawr a gwnaeth rhyw ystum o geisio ysgwyd llaw â Gwenan, ac yna chwarddodd a thynnu'i llaw yn ôl.

"S'mai!" meddai tan wenu.

"Helo, s'mai," atebodd Gwenan.

Roedd ganddi wallt melyn hir – lliw potel digon annaturiol, a gwisgai lawer o golur ar ei hwyneb. Roedd hi'n ddel iawn and ddim yn dlws. Amdani roedd sgert gwta ledr a siaced beicio ledr ddu.

Gofynnodd Gwenan, heb feddwl pa mor dwp oedd ei chwestiwn, "Mi rwyt titha'n lecio beicio?"

Edrychodd Dyfan fel taran arni, a sylwodd Gwenan ar Brenda'n edrych arno fo cyn ateb, "Ydw. Pan ga' i gyfle." Gwenodd eto.

Symudodd Sam yn rhyw anniddig yn ei sedd ac roedd yn amlwg yn falch o weld y ferch a ddaeth i ddweud bod eu bwrdd yn barod.

Roedd hwyliau da Gwenan wedi ei ddifetha i raddau helaeth er na allai ddweud beth oedd y rheswm. Eisteddodd hi wrth ochr Sam wrth y bwrdd bwyd, Dyfan gyferbyn â hi a Brenda wrth ei ochr ef. Roedd John, un o'r mecanics, a'i wraig ar y llaw arall iddi. Sylweddolodd Gwenan ei bod yn gwylio ei gŵr a Brenda drwy gydol y pryd ac nad oedd yn teimlo'n hapus ynglŷn â pha mor agos yr eisteddent at ei gilydd. Ceisiodd ddweud wrthi ei hun am beidio bod mor wirion, ond ni allai ymlacio o gwbl. Ni allai fwyta yn iawn, na chanolbwyntio ar sgwrs Sam wrth ei hochr. Roedd hi'n ymwybodol ei bod yn ceisio clustfeinio ar yr hyn yr oedd Dyfan a Brenda yn ei ddweud.

Roedd Brenda yn hwyliog iawn, yn chwerthin yn uchel ac yn amlwg wedi hen arfer â thynnu coes y dynion yn y gwaith. Roedd hi'n yfed peintiau ac wedi cael ychydig wydriadau o win ac felly yn eitha meddw erbyn diwedd y pryd bwyd. Roedd hi bellach yn eistedd yn glos iawn, iawn at Dyfan, a thybiai Gwenan nad ar ei glin hi ei hun oedd ei dwylo o dan y bwrdd.

Gwyddai na allai ddweud dim – y byddai Dyfan yn colli'i limpyn petai hi'n yngan gair wrth y ferch. Byddai'n rhaid iddi ddisgwyl tan cyrraedd gartref. Teimlai fel crio, ac wrth iddi bwyso ychydig ymlaen dros y bwrdd wrth geisio codi o'i sedd, clywodd Brenda yn dweud yn glir wrth Dyfan, "Mi rwyt ti'n gwbod y medra i roi llawer gwell 'na hyn i ti!"

Gwelodd o'r sioc ar wyneb Dyfan am ennyd ei fod yn gwybod ei bod wedi clywed; ac yna gwenodd. Gwenodd arni'n faleisus fel petai'n falch ei bod wedi'i brifo a throdd yn ôl at Brenda gan chwerthin yn gellweirus.

Rhuthrodd Gwenan oddi wrth y bwrdd am y tŷ bach, ei hwyneb yn goch gan ddicter a chywilydd. Aeth i mewn i un o'r toiledau ac eistedd yn ei dillad ar y sedd.

'O na, na!' meddyliai. Ceisiodd ddarbwyllo ei hun na fyddai Dyfan byth yn bod yn anffyddlon iddi, ond gwyddai na allai fod yn siŵr. Roedd hi wedi dysgu llawer amdano yn ystod misoedd prin eu priodas, ac amheuai'n fawr bellach na fyddai byth wedi ei briodi pe byddai yn gwybod sut un oedd o. Sylweddolodd hefyd na fyddai byth yn gallu dygymod ag ef yn bod yn anffyddlon, ac y byddai'n rhaid iddi ei adael pe bai sail i'r hyn ofnai. Dechreuodd grio'n dawel, ac yna clywodd rhywun yn galw arni,

"Gwenan. Gwenan dach chi'n iawn?" Mattie, gwraig Sam oedd yna.

Ceisiodd sychu ei dagrau a galw'n ôl. "Ydw, ydw. Poeth oeddwn i braidd. Dw i'n iawn rŵan, diolch."

"Mi 'rhosa i amdanoch chi."

Roedd Mattie hefyd wedi sylwi ar agosatrwydd Dyfan a'r ferch newydd, ac yn bryderus braidd dros Gwenan. Doedd hi ddim yn adnabod Gwenan yn dda iawn, yn adnabod ei rhieni wrth gwrs gan eu bod yn byw mewn pentref gweddol fychan, ond wedi symud i'r pentref pan brynodd Sam y garej oeddynt ac wedi cadw i'w hunain fwy neu lai. Pan ddaeth Gwenan allan o'r tŷ bach sylwodd Mattie ar ei llygaid coch a dywedodd yn dyner, "Mi roeddwn innau yn sensitif iawn pan ro'n i'n disgwyl Barry. Peidiwch â chymryd sylw, ifanc ydi hi… "

Dechreuodd Gwenan grio eto. "Ifanc? Ma hi'n hŷn na fi!"

Ni wyddai Mattie beth i'w ddweud nesaf.

"O, mae'n ddrwg gen i, Mattie. Fi sy'n bod yn wirion."

Gwenodd yn wan. Er mor garedig oedd Mattie, ni allai ymddiried ei phryderon iddi. Aeth y ddwy yn ôl at y bwrdd, ond roedd y noson wedi ei difetha i Gwenan. Ceisiodd beidio cymryd sylw o'r ffordd yr oedd Dyfan a Brenda yn chwerthin a chadw reiat, ond aeth y sefyllfa yn drech na hi yn y diwedd a ffoniodd am dacsi adref. Roedd hi'n siŵr fod Dyfan yn falch o'i gweld yn mynd. Ni chynigiodd fynd gartref gyda hi a doedd dim arlliw ohono pan edrychodd ar y cloc am chwarter wedi tri y bore.

***

Deffrodd Gwenan yn sydyn gan deimlo'i hun yn cael ei hysgwyd. Roedd rhywun yn gafael yn dynn yn ei braich. Dyfan.

"Côd. Rŵan!" Roedd ei lais yn floesg gan ddiod. Ceisiodd Gwenan godi ar ei heistedd, yn drwsgl. "Gwranda arna i. Côd rŵan!" Parhaodd Dyfan i afael yn ei braich yn dynn a cheisiodd ei thynnu o'r gwely.

"Dyfan. Paid. Ti'n fy mrifo i."

Trawodd cefn ei law arall ei hwyneb a gollyngodd ei braich.

"Gwna fel dw i'n deud." Prin y gallai Dyfan sefyll ar ei draed ei hun. Llosgai grudd Gwenan dan effaith y slap a brathodd ei gwefus rhag iddi grio. Pe bai hi'n ufuddhau iddo mi fyddai popeth yn iawn.

"Mi ddangosai i ti yr ast. Codi cywilydd arna i o flaen fy ffrindiau. Gwneud rhyw hen lol ac isio mynd adra fatha babi!" Llwyddodd Gwenan i fynd i sefyll yr ochr draw i'r gwely a chamodd ymhellach tuag at y wal. Parhaodd Dyfan i fytheirio, "... Pawb yn chwerthin am fy mhen i. Gwneud ffŵl ohona i... "

Ni allai Gwenan wrando ar ei gelwydd, beth bynnag fyddai ei chosb.

"Mi wnest ti ddigon o ffŵl ohonat ti dy hun efo'r Brenda 'na," atebodd.

"Be ddwedist di?" Roedd Dyfan yn camu ar draws y gwely erbyn hyn.

"Be ddwedist di yr ast dew, hyll?" Cyrhaeddodd ati a thrawodd hi eto ar draws ei hwyneb, mor galed y tro hwn nes iddi syrthio yn erbyn y gist.

Cododd Gwenan yn simsan ar ei thraed.

"Paid ti â deud dim am Brenda. Hen hogan iawn ydi Brenda," roedd ei lais yn faleisus, "... ma hi'n gwybod sut i blesio dyn, yn wahanol i rhyw fabi mam oeraidd fatha chdi."

Cafodd ei eiriau brwnt fwy o effaith arni na'r slap hyd yn oed. Teimlodd y beil yn corddi yn ei stumog, yn pwyso ac yna'n tasgu allan yn un cawod dros y gist a'r llawr. Ceisiodd godi ei dwylo at ei cheg i atal ei hun ond tagodd a daeth cawod arall allan gan orchuddio'i dwylo a'i choban.

"O'r ast fudur!" Roedd llais Dyfan yn llawn atgasedd,

a gwthiodd hi nes iddi syrthio ar ei gliniau i ganol y llanast.

Teimlodd Gwenan ei droed yn pwyso ar ganol ei chefn ac yna rhoddodd hergwd galed iddi nes ei bod yn gorwedd yn ei chwd. Roedd hi'n crio bellach ac yn gweddïo am gael marw, roedd y boen a'r cywilydd mor llethol.

"Be welish i ynot ti erioed dwed?" gofynnodd, ei lais yn swnio fel pe bai wedi sobri drwyddo.

Eisteddodd Gwenan i fyny ond ni allai edrych arno. Ceisiodd sychu ei hwyneb ag ymylon ei choban, ond teimlodd ergyd yn ei chefn wrth iddo'i chicio i'r llawr eto. Clywodd sŵn ei draed yn gadael yr ystafell a'r drws yn cael ei gloi ar ei ôl. Gwyddai na ddeuai ar ei chyfyl eto heno.

Tynnodd ei choban a sychodd ei hwyneb a'i gwallt. Saethodd poen drwy'i chefn ac i lawr ei braich, ond doedd y boen yna'n ddim o'i gymharu â'r boen yn ei chalon. Dechreuodd feichio crio. Roedd y siom a'r cywilydd yn ei thynnu'n gareiau. Beth yn y byd a ddaeth drosti i ymateb fel yna. Cyfogi dros bob man o'i flaen. Ni fyddai byth yn gallu edrych arni eto wedi iddi ymddwyn mor fochynaidd. Doedd dim rhyfedd fod Brenda'n apelio.

Codai arogl y cyfog bwys arni ac ymlwybrodd tuag at y gwely. Roedd ei choesau a'i dwylo'n llanast ond ni allai ymolchi gan ei fod o wedi cloi y drws. Cofiodd am y nwyddau babi yn y cwpwrdd dillad a bod pot o *baby wipes* yno. Defnyddiodd y rhain i lanhau ei hun y gorau gallai. Rhoddodd goban lân amdani wedi iddi ddefnyddio'r un fudr i lanhau'r carped. Penderfynodd daflu'r goban fudr drwy'r ffenest i'r ardd, byddai hynny efallai yn lleihau'r arogl drwg.

Pan agorodd y ffenest meddyliodd iddi weld rhywun yn yr ardd. Craffodd drwy'r gwyll ac yna ciliodd yn ôl rhag ofn mai Dyfan oedd yno. Edrychodd eto a gwelodd y ffigwr yn glir yn ei gôt law hir, ei gap a'i fenyg. Nedw. Sylweddolodd ei fod wedi ei gweld.

"Nedw," sibrydodd yn ddigon uchel iddo'i chlywed, ei chalon yn curo.

"Gwenan," sibrydodd yntau'n ôl. "Ti'n iawn?"

"Ydw," meddai hithau. "Agor y ffenest i gael ychydig o wynt w'sti. Ma'r babi'n fy ngneud i'n boeth... " Ceisiodd egluro. Gallai weld fod Nedw'n syllu ar y bwndel gwyn yr oedd hi newydd ei daflu allan.

"Cledwyn Morris?" gofynnodd Nedw. "Ti isio i mi ei nôl o?"

"O, na, na!" Clywai Gwenan y panig yn ei llais ei hun. "Paid â gwneud hynna, Nedw. Does dim o'i le. Dos adra Nedw." Ymbiliodd arno, gan sylweddoli mai fo oedd y cysgodion a welai yn aml yn yr ardd, ac felly ei fod o gwmpas y lle'n rheolaidd.

"Hogan ddrwg ydi hi."

'O, na,' meddyliodd Gwenan, 'alla i ddim gwrando ar baldaruo Nedw heno.'

"Hogan ddrwg iawn ydi hi."

"Ia, Nedw." Cytunodd Gwenan ag ef gan obeithio yr âi gartre. Roedd ofn arni i Dyfan ei glywed.

"Y Brenda 'na. Hogan ddrwg iawn." A chyda hynny diflannodd Nedw yn ôl i'r tywyllwch.

Dringodd Gwenan i'r gwely gan adael y ffenest ar agor. Wrth orwedd yno'n hollol llonydd sylweddolodd Gwenan yn awr bod yn rhaid iddi adael Dyfan.

'Bydd yn rhaid i mi fynd,' meddyliodd, '... rhaid i mi adael... Dad oedd yn iawn... " a syrthiodd i drwmgwsg.

***

Clywodd Gwenan sŵn crafu. Sŵn dŵr ac yna sŵn crafu. Arogl cryf. Diheintydd. Awel oer ar ei grudd. Sŵn crafu eto. Cofiodd.

Eisteddodd i fyny'n gyflym ac yna fe'i gwelodd. Dyfan ar ei benliniau yn glanhau'r carped â brws sgwrio. Trodd ati â gwên ar ei wyneb.

"Dyna ni," meddai, "fel newydd." Taflodd y brws i'r bwced dŵr a daeth at ochr y gwely. Gafaelodd yn ei llaw. "Tyrd yma," meddai.

Crynodd hithau wrth ddyfalu beth oedd o am wneud.

Tywysodd hi tuag at y ffenest.

"Yli," meddai.

Edrychodd Gwenan allan a gwelodd ei choban ar y lein yn sychu. Daeth rhyw ias oer drosti a cheisiodd dynnu ei llaw yn rhydd. Tynhaodd ei afael.

"Mi olchais i hi bora 'ma. Ben bora. Mae hi'n lân rŵan, ac ma'r carped yn lân. Dim olion o dy ddamwain fach di. Rhaid i chdi drio peidio bwyta gormod. Lol ydi'r busnas bwyta i ddau 'ma."

Ni allai Gwenan ddweud gair. Roedd hi'n crynu drwyddi, ei dannedd yn clecian a gwyddai nad awel y bore oedd i'w feio.

Llwyddodd i agor ei cheg. "Dyfan... ma'n... ma'n rhaid i ni... siarad." Ni allai ynganu y geiriau yn iawn.

Anwybyddodd Dyfan yr hyn yr oedd yn ei ddweud, ac aeth ati i glirio'r bwced a'r taclau glanhau.

"Mi gawn ni frecwast efo'n gilydd rŵan," meddai wrthi.

Ceisiodd Gwenan siarad eto ond torrodd ar ei thraws.

"O, cyn i mi anghofio, mae dy dad wedi ffonio."

"Dad? Be oedd o isio?"

"Deud bod dy fam wedi mynd i aros efo dy Anti Lil am rhyw dri diwrnod, a'n gwahodd ni i swpar pan ddaw hi'n ôl."

Edrychodd Gwenan arno'n anghrediniol.

"Gwahodd ni i swpar?"

"Ia. Mi gawson ni sgwrs hir. Mi ddwedodd o ei bod hi'n amsar i ni gyd-dynnu yn well, gan ei bod hi'n amlwg iddo 'mod i'n dy neud di'n hapus; ac er lles y babi... " Roedd gwên fuddugoliaethus ar wyneb Dyfan. "Mae o'n edrych ymlaen yn arw at fod yn daid; ac mi ddwedais wrtho ein bod ni wedi trafod enwa."

"Trafod enwa?"

"Ia. Mi roedd o wrth ei fodd pan ddwedais i mai Robert Cledwyn Hughes y bydden ni'n ei alw fo pe bai o'n fachgen. Fedran ni ddim mo'i siomi, yn na fedran Gwen?"

Ar hyn aeth allan o'r stafell gan adael Gwenan yn sefyll yn syfrdan ar ei ôl.

Pennod 7

"Mae'n ddrwg gen i 'mod i wedi gadael i fy styfnigrwydd
i achosi i ni bellháu oddi wrth ein gilydd, Gwenan."

Dyna oedd geiriau Cledwyn Morris wrth ei ferch ar ôl
iddynt orffen eu swper. Roedd Dyfan a'i fam-yng-
nghyfraith yn brysur yn golchi llestri yn y gegin, ac o
glywed y chwerthin roedd yn amlwg i Gwenan fod Dyfan
wedi swyno ei mam.

"Mi roedd gen i gymaint o obeithion, Gwenan. Dy weld
di yn y coleg, yn graddio ac yn cael y cyfle na chafodd dy
fam a finna. Dy weld di mewn swydd dda, yn ennill cyflog
iawn ac yn mwynhau dy hun. Ac wedyn... wel, mi
chwalwyd hynny i gyd."

Cofiai Gwenan ei bod wedi troi ei phen rhag edrych
ar ei thad, rhag iddo weld y poen yn ei hwyneb. Fe roddai'r
byd am gael swatio yn ei gesail fel y gwnai'n blentyn, a
rhannu ei gofidiau, ond gwyddai'n iawn na allai. Ni
feiddiai ei siomi dim mwy. Rhaid iddi ddioddef ei bywyd
y gorau gallai, gan obeithio y byddai popeth yn well wedi
geni'r babi. Mis oedd ganddi i fynd bellach, a chofiai
ddarllen yn rhywle fod rhai dynion yn mynd trwy rhyw
gyfnod rhyfedd iawn pan oedd eu gwragedd yn disgwyl.
Gweddïai bod hyn yn wir yn achos Dyfan, ond sylweddolai
yn ei chalon mai twyllo ei hun oedd hi. Fu eu perthynas
erioed yn normal. Roedd meddiangarwch Dyfan wedi
gafael ynddi o'r dechrau. Roedd hithau wedi gwirioni'i

phen ag o, ac wedi rhoi i mewn iddo dro ar ôl tro. Teimlai
ei bod bellach wedi colli ei hunan-barch ac nad oedd
dihangfa oddi wrth gafael Dyfan byth. Gwyddai hefyd ei
bod yn dal i'w garu, ac ar brydiau pan fyddai pethau'n
iawn rhyngddynt na fynnai fod yn unman arall.

Prin iawn oedd yr adegau hapus hynny y dyddiau yma.
Roedd pethau wedi mynd o ddrwg i waeth wedi parti'r
garej. 'Gweithiai' Dyfan yn hwyr bron bob nos, a deuai
gartref yn aml wedi meddwi. Byddai hithau'n lwcus bryd
hynny os gallai ddianc ei grasfa, a dysgodd mai tendio
arno a gadael iddo gysgu oedd y ffordd orau o osgoi dwrn.

Mynnai Dyfan weithiau ei bod yn mynd gydag ef i'r
dafarn, lle byddai'n cael pleser o fflyrtio gyda Brenda o
flaen ei thrwyn. Fe'i gwelodd ef yn taenu ei law yn
synhwyrus i lawr ei braich noeth unwaith, a'r un noson
gwelodd ef yn amneidio arni i fynd allan ar ei ôl. Bu
Gwenan yn eistedd yno ar ei phen ei hun am bron i hanner
awr yn aros iddo ddychwelyd. Roedd hi'n casáu y ffordd
yr oedd o'n ei bychanu ac yn cywilyddio ei bod yn rhy
wan i ymladd yn ôl.

Cronodd y dagrau yn ei llygaid yn awr wrth hel
meddyliau. Cododd o'i chadair gan ddwrdio ei hun. 'Be
sy'n bod arna i?' siaradodd yn uchel â'i hun, 'yn mwydro
fel hyn a chant a mil o bethau i'w gwneud.'

Agorodd ddrws y cefn i adael haul y bore i'r tŷ. Roedd
Dyfan wedi gadael am ei waith ers rhyw awr ac roedd
tywydd poeth mis Gorffennaf yn ei llethu yn barod er ei
bod mor gynnar yn y bore. Sylwodd ar y parsel bach ar
stepen y drws. Plygodd yn drwsgl i'w godi a gwelodd mai
bagiad o ffa o'r ardd oedd yn y papur brown. Nedw.
Gwenodd wrthi'i hun. Roedd hi wedi mynd yn arferiad
ganddo i droi o gwmpas y lle, yn gadael anrhegion bach

wrth y drws – ffrwythau, tusw o flodau, llyfrau plant bach. Gwyddai ei fod yn llechu o gwmpas yr ardd yn ystod y nos wedi iddi dywyllu yn enwedig. Roedd hi'n amlwg ei fod yn poeni amdani. Roedd Nedw yn greadur a oedd yn gweld ac yn sylwi ar bethau a âi ymlaen o gwmpas y pentref. Ond nid fel Doli Pritchard. Doedd dim yn straegar yn Nedw. Gwyddai Gwenan na fyddai Nedw'n ailadrodd dim o'r hyn a welai, ac roedd hi'n falch o'i gael fel rhyw angel gwarcheidiol yn edrych ar ei hôl. Gwyddai hefyd na feiddiai Nedw sôn am ei helbulon wrth ei thad wedi iddi ei siarsio i beidio. Ni wyddai ei rhieni fod dim o'i le, yn enwedig gan eu bod yn tynnu ymlaen yn llawer gwell gyda Dyfan. Roedd ei thad wedi cadw at ei air o geisio cyd-dynnu â'i fab-yng-nghyfraith, ac yn ei annog i gymryd diddordeb yn y fferm drwy ladd gwair a hela llwynog ac yn y blaen. Apeliodd yr hela yn fawr at Dyfan, ac er fod arian yn eitha tynn yr oedd wedi prynu gwn iddo'i hun fel nad oedd yn gorfod benthyg un gan Cledwyn Morris.

Rhoddodd Gwenan y ffa yn y cwpwrdd llysiau a chlywodd rhywun yn cerdded heibio talcen y tŷ. Cododd ei phen fel y daeth ei mam-yng-nghyfraith drwy'r drws.

"Wel, ma'r Nedw 'na'n mynd yn rhyfeddach bob dydd," meddai, cyn cyfarch Gwenan o gwbl.

"Pam felly?"

"Wel, y ffordd mae o'n gwisgo. Rhyw gôt fel dyn hufen ia, het haul am ei ben a menyg!"

"Menyg cotwm ydyn nhw," eglurodd Gwenan. "Mae o'n diodda efo'r haul yn arw, ac mi fydd ei groen yn llosgi ar ddim… "

"Od iawn wir," meddai Pegi Hughes. "Od iawn." Edrychodd ar Gwenan yn awr. "A sut wyt ti?"

"Fel y gwelwch chi."

Doedd pethau ddim cystal rhwng y ddwy er pan ddarganfyddodd Gwenan fod Pegi Hughes yn gwybod am dymer gwyllt ei mab, a'i bod hithau wedi derbyn mwy nag un dwrn yn ei dydd. Gresynai Gwenan ar brydiau na fyddai hyn wedi dod a'r ddwy yn agosach, ond beiai hi'r wraig hŷn am beidio a'i rhybuddio, er y gwyddai o'r gorau na fyddai wedi gwrando.

"Gweld ei bod hi'n mynd i fod yn ddiwrnod poeth, ac yn meddwl tybed oes gen ti rywbeth sydd angen cael ei wneud," meddai Pegi.

"Nag oes," atebodd Gwenan.

"O, Gwenan. Mi fasa'n dda gen i petaet ti'n gadael i mi dy helpu di."

Edrychodd Gwenan i fyw llygaid Pegi Hughes.

"Pan ofynnais i am eich help chi dro yn ôl mi wrthodoch chi. Cerdded allan a 'ngadael i wnaethoch chi bryd hynny. Doeddech chi ddim isio gwybod!"

"O, Gwenan, Gwenan!" Torrodd llais Pegi Hughes ac eisteddodd yn swp ar y gadair. Dechreuodd grio. "Dwyt ti ddim yn deall. Does neb yn deall."

"Deall?" holodd Gwenan. "Be sy 'na i'w ddeall, heblaw'r ffaith fod fy mywyd i'n uffern a 'mod i'n rhy llwfr i neud dim am y peth. Mi dw i'n swp sâl 'mod i'n mynd i eni plentyn i fywyd hunllefus lle ma'i dad yn curo'i fam ac yn meddwi a hwrio o gwmpas y pentra!" Roedd llais Gwenan yn uchel ac roedd hithau'n crio bellach. "Does genno chi ddim syniad sut beth ydi ffieiddio atoch chi eich hun, am roi i mewn… am ddiodda… "

"Oes." Roedd llais Pegi yn dawel ond yn gadarn. "Mi wn i yn iawn," meddai, "mi ddioddefish i ei dad o am flynyddoedd cyn iddo fo fynd i ffwrdd."

Peidiodd crio Gwenan.

"Cyn iddo fo farw," meddai.

"Naci, Gwenan. Mynd i ffwrdd wnaeth o, er mawr rhyddhad i mi. Rhedeg i ffwrdd efo'i gariad pan oedd Dyfan yn bedair oed. Wnesh i erioed drio dod o hyd iddo fo, dim ond byw mewn ofn y bydda fo'n dychwelyd."

Syllodd Gwenan arni'n anghrediniol.

"Ond mae Dyfan yn meddwl ei fod o wedi marw."

"Ydi. Mi roedd hynny'n haws. Mi wnaethon ni symud i'r pentra pan oedd Dyfan yn bump oed a doedd neb yn gwybod fy hanes i."

"O, Pegi," meddai Gwenan wrth feddwl beth ddigwyddai petai Dyfan yn dod i wybod y gwirionedd. "A phryd oeddach chi'n bwriadu deud wrtho fo?"

"Byth!" Roedd llais y wraig hŷn yn bendant. "A phaid titha a deud gair. Beth bynnag rwyt ti'n ei ddiodda dan ei law o, mi faswn i'n ei gael gan gwaith gwaeth pe bai o'n dod i wybod... "

"Mae o wedi'ch taro chitha." Roedd geiriau Gwenan yn fwy o ddatganiad na chwestiwn.

Ni allai Pegi Hughes edrych i'w hwyneb. "Do, ar brydia. Ond mi ro'n... mae'n debyg 'mod i'n haeddu... "

"Nac oeddach. Dydi'r un ohonan ni'n haeddu hynna. Pegi, ma'n rhaid i ni fod yn gryf. Ma'n rhaid i ni neud i Dyfan sylweddoli ei fod o angen help. Er mor ifanc oedd o, mae be wnaeth ei dad i chi wedi effeithio arno fo... mi allwn ni ei helpu o Pegi... efo'n gilydd."

Ysgydwodd Pegi ei phen yn araf. "Na," meddai'n ddistaw. "Fasa fo ddim yn gadael i ni... ddim yn derbyn help... ddim yn derbyn fod dim o'i le."

"Ond mae'n rhaid i ni drio," meddai Gwenan. "Plîs Pegi, wnewch chi fy helpu i?"

Gwelodd Gwenan yr ofn yn llygaid ei mam-yng-nghyfraith a sylweddolodd ei bod hithau hefyd wedi dioddef llawer.

"Wn i ddim os alla i, Gwenan. Dydw i ddim mor ifanc, a... ac ma gen i ofn," crynodd ei llais unwaith eto, "... ofn ei dymer o ac ofn cael fy mrifo... cael fy hitio."

Plygodd ei phen, roedd ei chorff i gyd yn ysgwyd wrth iddi wylo, a gwelodd Gwenan wraig wedi'i thorri. Ffieiddiodd wrth feddwl fod dau ddyn wedi lladd ysbryd y wraig yma, un a fu ar un adeg mae'n debyg yn llawn ei breuddwydion, fel hithau.

Wrth edrych ar Pegi gwelodd Gwenan ei hun mewn blynyddoedd i ddod, a gwelodd o'r diwedd na allai ddioddef mwy. Byddai'n rhaid iddi adael Dyfan a gofyn am gymorth ei rhieni. Gwallgofrwydd oedd iddi fod wedi brwydro 'mlaen cyhyd.

Bu'r ddwy yn eistedd felly am beth amser, Gwenan a'i mam-yng-nghyfraith, y naill yn cynllunio bywyd gwell iddi ei hun a'i phlentyn, a'r llall yn ail-fyw hunllefau'r gorffennol ac yn gofidio am iddi fod mor wan. Tywynnai haul tanbaid ganol dydd mis Gorffennaf drwy ddrws y cefn, a bron iawn y gellid clywed y gwres yn mwmian yn yr aer.

Pegi Hughes gododd ar ei thraed gyntaf.

"Ma'n rhaid i mi fynd, Gwenan."

Synhwyrodd Gwenan na wyddai beth i'w ddweud.

"Ia. Iawn siŵr," atebodd, "ma gen inna betha i'w gwneud hefyd."

"Wyt ti'n siŵr nad wyt ti isio help?"

"Na, dim diolch. Mi fydda i'n iawn rŵan." Doedd hi ddim am ddweud wrth Pegi beth oedd ei bwriadau.

"Reit. Mi a' i felly."

Trodd Pegi at y drws.

"Pegi." Trodd y wraig hŷn yn ôl. "Diolch ichi am y sgwrs."

Gwyrodd Pegi ei phen ac aeth allan.

***

Wedi iddi fynd parhaodd Gwenan i eistedd dros baned yn pendroni beth i'w wneud nesaf. Teimlai'n gryfach wedi penderfynu gadael Dyfan, ac eto fe lechai ofn yng nghefn ei meddwl. Gwyddai y byddai'n rhaid iddi hi adael, yr Hafod i ddechrau, gan na allai byth berswadio Dyfan i adael, ac fod yn rhaid iddi fynd oddi yno tra byddai o yn y gwaith neu allan. Unwaith y byddai yng nghartref ei rhieni gallai ddweud wrtho ei bod wedi ei adael a'i wahodd yno i drafod. Gwyddai na fyddai'n meiddio cyffwrdd bys ynddi yng ngŵydd ei mam a'i thad. Sylweddolai pa mor frwnt a pha mor llwfr fyddai hyn, ond gwyddai o'r gorau na allai byth ei wynebu ar ei ben ei hun. Y cam nesaf oedd penderfynu pryd i fynd. Cododd yn drwsgl i olchi ei chwpan yn y sinc, y chwys yn diferu i lawr ei chefn. Ciciodd y babi'n galed y tu mewn iddi a gwenodd hithau wrth feddwl am fywyd gwell o'u blaenau. Byddai'n anodd iawn iddynt, ond gallai fod yn sicr o gefnogaeth ei rhieni. Trawodd y cloc mawr, un o'r gloch.

'Rŵan,' meddai'n bendant wrthi'i hun. 'Rhaid i mi fynd rŵan.'

Gwyddai y byddai aros ond yn rhoi cyfle iddi newid ei meddwl. Doedd dim amser i'w golli, rhaid oedd pacio'r pethau angenrheidiol a galw am dacsi i fynd â hi i'r Ynys.

Gallai glywed ei chalon yn curo'n uchel yn ei chlustiau wrth iddi halio'r cesys dillad o'r llofft sbâr a dechrau estyn ei dillad iddyn nhw. Âi ag ychydig o bethau i'r babi hefyd, gan adael y gweddill i'w thad i'w nôl mewn amser. Gwyddai na fyddai modd iddi ddychwelyd i'r Hafod pe bai Dyfan yn cytuno i adael gan na fyddai byth yn gadael llonydd iddi. Daeth rhyw gryndod drosti wrth feddwl pa mor wallgof fyddai Dyfan pan ddeallai ei bod wedi mynd, a daeth ofn drosti wrth feddwl beth allai wneud. Gweddïodd na fyddai'n dial ar ei fam. Prysurodd i orffen y pacio. Fe gariai'r cesys i lawr y grisiau yn gyntaf ac yna galw'r tacsi a thacluso ychydig cyn ymadael. Sychodd y chwys oddi ar ei thalcen a chariodd y cesys at ddrws y llofft. Tybiodd y byddai'n well iddi gario un i lawr y grisiau yn gyntaf ond doedd ganddi ddim amser i'w wastraffu. Edrychodd yn ôl i'r ystafell wely, ar y cwrlid brodwaith lliwiau'r haf, a chofiodd y tro cyntaf iddi hi a Dyfan gyfarfod yn yr Hafod. Ychydig dros flwyddyn yn ôl a bron yr union amser o'r dydd. Gallai weld ei hun yn glir yn ei siorts denim a'i chrys pinc, yntau yn ei jîns a'i grys-t tywyll. Blwyddyn yn ôl? Dim ond prin flwyddyn, a hithau wedi profi hunllefau na ddeuai'r rhan fwyaf o ferched ar eu traws mewn oes.

Cyrhaeddodd waelod y grisiau wedi llwyddo i stryffaglio efo'r cesys. Roedd hi'n laddar o chwys, a hanner gwthiodd, hanner lluchiodd y cês lleiaf i'r ystafell fyw o'i blaen cyn ymestyn am y llall.

Clywodd ei lais wrth iddo ddod drwy ddrws y cefn.

"Gwenan! Fi sy 'ma! Sam wedi rhoi pnawn i mi gael mynd i saethu efo dy dad."

Cyrhaeddodd hi a Dyfan yr ystafell fyw ar unwaith. Edrychodd arno gan deimlo'r gwrid yn poethi ei gruddiau ac yna aeth yn oer drosti. Safai yno â'i fag gwaith dros un ysgwydd a'i wn saethu yn ei law arall.

Yng nghanol berw ei meddyliau fflachiodd eironi y

sefyllfa iddi; y ddau ohonynt yn yr un lle ychydig dros flwyddyn yn ddiweddarach. Byddai wedi gwneud rhyw fath o jôc ynglŷn â'r peth; wedi cyfeirio'n gellweirus at y soffa lle seliwyd eu cariad am y tro cyntaf; wedi ei hudo eto yn llwyd-dywyllwch yr ystafell... heblaw am y cesys. Adroddai'r ddau gês dillad ddifrifoldeb y dydd a gwyddai nad oedd wiw iddi drio bod yn ysgafn. Rhaid oedd iddi ei wynebu, rhaid iddi, er mwyn y plentyn, sefyll dros ei hun a'i dyfodol. Gwyddai nad oedd pwrpas iddi gelu a cheisio gwneud esgus ei bod yn clirio, cael gwared â hen ddillad; o'r olwg ar ei wyneb yr oedd wedi deall yn syth beth oedd yn digwydd.

"A lle wyt ti'n feddwl wyt ti'n mynd?"

"Adra."

Fflachiodd ei lygaid a gwelodd iddi ddweud peth gwirion.

"Adra. Mi ro'n i'n meddwl mai fama oeddat ti'n byw."

"Adra at Mam a Dad. Mi dw i'n dy adael di, Dyfan."

"O, wyt ti wir?"

"Ydw. Fedra i ddim byw fel hyn dim mwy. Mi rwyt titha'n gwybod bod pethau ar ben."

"Mae hyn yn newydd i mi. Y darlun sy gen i ydi cwpwl yn byw yn hapus, yn disgwyl eu plentyn cynta, ar delerau da â'u teuluoedd-yng-nghyfraith, y gŵr yn gweithio'n galed a'r wraig... wel... y wraig fach yn cadw tŷ, gwneud bwyd ac agor ei choesau bob hyn a hyn... "

Roedd ar Gwenan ofn. Gwyddai bod ei dymer yn troi'n filain pan ddechreuai siarad fel hyn. Daeth yr olwg ryfedd ar ei wyneb, ei lygaid yn ddu ac yn pefrio yn ei ben. Roedd pob ystym yn ei gorff yn gas. Lluchiodd ei fag gwaith ar y llawr ond parhaodd ei afael yn y gwn.

Ni theimlodd Gwenan ofn fel hyn o'r blaen, ond ni

allai roi i mewn iddo y tro yma.

"Mae dy ddarlun di'n wahanol iawn i f'un i. Cwpwl yn rhygnu byw efo'i gilydd, y gŵr yn gweithio'n galed ond yn lluchio'i bres wrth feddwi a hwrio o gwmpas y pentra, ei deulu-yng-nghyfraith wedi eu dallu gan ei swyn, ei fam druan ofn agor ei cheg a'i wraig yn agor ei choesa dan orfodaeth rhag diodda cweir arall!" Gwelai fod ei geiriau yn ei gythruddo, ond ni allai wanhau. "Mi dw i wedi cael digon Dyfan. Fedra i ddim cymryd mwy. Mi dw i'n dy adael di."

"Nag wyt, dwyt ti ddim." Roedd ei lais yn gryf ond eto clywai Gwenan rhyw emosiwn yn ei eiriau, rhyw wendid wrth iddo sylweddoli ei fod yn mynd i'w cholli. Camodd tuag ati gan edrych i fyw ei llygaid. "Plîs Gwenan. Paid â mynd. Fedra i ddim byw hebddat ti."

Roedd hi wedi clywed gormod o'i ymbilio a'i esgusodion o'r blaen.

"Gwenan, ti ydi 'mywyd i. Mi dw i'n dy garu di."

"Nag wyt Dyfan. Pe tasat ti'n fy ngharu i fasat ti ddim yn fy nghuro i; fasat ti ddim yn cysgu efo'r Brenda 'na a fasat ti ddim yn gneud i mi grynu gan ofn ac atgasedd pob tro wyt ti'n fy nghyffwrdd i!"

Plygodd ei ben a thybiodd Gwenan ei fod yn crio.

"Tria ddeall Dyfan. Fedra i ddim cymryd mwy – er fy lles fy hun ac er lles y babi. Mae gen i dy ofn di pan wyt ti wedi gwylltio. Mi rwyt ti angen help!"

"Help!" Cododd ei lais. "Help ddwedist ti? Be wyt ti'n feddwl? Rhyw blydi *psychiatrist* tua'r 'Sbyty Gwynedd 'na, ia? Fy nghloi i mewn rhyw ward debyg, a chditha'n cael rhedeg hyd y lle 'ma fel fynnot ti."

Gwelodd Gwenan iddi ddweud y peth anghywir. Sylwodd ei fod wedi tynhau ei afael yn y gwn, a bod ei figyrnau yn wyn. Rhaid iddi geisio ei ddarbwyllo.

"Nid felly ma petha, Dyfan. Siarad efo rhywun, deall pam wyt ti'n mynd i'r ffasiwn dymer... y math yna o help... "

Roedd hi'n ymbil arno nawr i weld synnwyr ei geiriau, ei llygaid wedi'u hoelio ar ei wyneb rhag iddi edrych ar y gwn a thynnu ei sylw ato.

"Plîs Dyfan! Dyna'r unig obaith sy ganddon ni."

Newidiodd yr olwg ar ei wyneb; meiriolodd rhyw ychydig. "Be w't ti'n feddwl?" gofynnodd. "Fasat ti'n aros efo fi pe taswn i'n cael yr help 'ma?"

Roedd rhyw olwg wyllt yn dal ar ei wyneb ond ni edrychai mor gas. Gwelodd Gwenan mai dyma ei chyfle.

"Baswn, siŵr iawn," atebodd hithau gan gasáu ei chelwydd. "Mi fasan ni'n hapus wedyn, y tri ohonon ni."

Taenodd ei llaw dros ei bol wrth sôn am y babi, a chamodd Dyfan tuag ati.

"O, Gwenan, Gwenan." Cofleidiodd hi gan ddal ei afael yn y gwn, a theimlai hithau'r metel oer ar ei chefn trwy ddeunydd tenau ei ffrog haf. Crynai o'r tu mewn a gobeithiai na synhwyrai Dyfan hynny rhag ei daflu i dymer wyllt eto.

Gafaelodd yn dynn amdani, ei law rydd yn anwesu'i gwallt. "Fedra i ddim dy golli di Gwen. Mae hynny'n bendant. Fedra i ddim byw hebddat ti. Ti a fi efo'n gilydd. Am byth."

Roedd Gwenan yn ymwybodol iawn o'r tinc rhyfedd yn ei lais. Gwyddai na fyddai wiw iddi ei wthio i ffwrdd fel y dymunai, felly safodd yn hollol llonydd gan ddechrau cynllwynio yn ei phen, sut y gallai ddianc o'r Hafod cyn gynted â phosib. Roedd ei ymddygiad heddiw yn ei dychryn yn fwy nag erioed o'r blaen.

Gollyngodd hi o'r diwedd a chamodd yn ôl oddi wrthi.

"Yr 'help' 'ma. Wn i ddim os fedra i siarad efo pobol ddiarth... "

"Ond mi fydda i efo ti..." gwyddai fod yn rhaid iddi ei berswadio. "Mi ddo i efo ti, ac mi ddaw dy fam hefyd os wyt ti... "

Fflachiodd ei lygaid yn wyllt eto.

"Mam!" torrodd ar ei thraws. "Be wyt ti wedi'i ddeud wrthi hi?" Yr olwg filain ar ei wyneb eto, a'r tro yma y gwn wedi'i godi ac yn pwyntio'n syth ati.

'O Dduw mawr, be dw i wedi'i ddeud?' meddyliodd Gwenan.

Roedd hi'n awr yn crynu'n llythrennol ac yn teimlo'n ofnadwy o benysgafn.

"Dim... poeni amdanat ti mae hi... isio'r gora i ti... "

"Taw dy gelwydda yr ast!" Tynnodd un law oddi ar y gwn a tharodd hi ar draws ei hwyneb. "Y bitsh! Yn fy nhrafod i efo pobol eraill fel 'na."

Synhwyrodd Gwenan ei fod wedi colli'i limpyn yn lân, bod ei feddwl wedi drysu a dechreuodd grio'n afreolus mewn anobaith a rhwystredigaeth. Roedd rhyw sterics y tu mewn iddi ac ni allai stopio.

Parhaodd Dyfan i weiddi arni, "... Waeth gen i ei bod hi'n poeni... be ma hi'n ei wybod beth bynnag... "

Teimlai Gwenan ei hun bron a sgrechian wrth weld y gwn wedi'i bwyntio tuag ati, ond daeth rhyw lais o'r tu mewn iddi yn ei hannog i bwyllo.

"... Hitha wedi busnesa yn fy mywyd i ers blynyddoedd... haeddu pob dim oedd hi'n ei gael..."

Ni allai Gwenan oddef rhagor. Sgrechiodd yn uchel ac yna ciciodd Dyfan hi yn ei choes i'w thewi a disgynnodd i'r llawr fel cadach.

"Dyna ddigon! Taw! Dyna ddigon! Wyt ti'n fy nghlywed i? Chdi a Mam... y ddwy ohonoch chi yr un fath... "

Ceisiodd Gwenan godi oddi ar y llawr, wrth wneud daeth o hyd i nerth o rywle i ymladd yn ôl.

Safodd mor syth ac y gallai ac edrychodd i'w wyneb gwallgof.

"Ydan, mi rydan ni yr un fath! Y ddwy ohonan ni wedi diodda o a dy achos di a dy dad o dy flaen di. Rhyddhad dros dro gafodd dy fam pan aeth dy dad i ffwrdd... dim ond i dy ddyrnau ditha gymryd lle ei ddwrn o mewn amser... "

Torrodd ei weiddi ar ei thraws, ei lais yn sgrechian bellach, "Marw wnaeth o. Marw ddaru Dad!"

Am y tro cyntaf erioed gwelodd Gwenan boen go iawn ar ei wyneb a'r cyfle iddi hithau daro yn ôl, i'w frifo.

"Naci! Dianc ddaru o. Rhedeg i ffwrdd efo'i gariad! Gofyn i dy fam... "

Clywodd Gwenan glec uchel ac fe'i lluchiwyd yn erbyn y ddresel. Syrthiodd i'r llawr a theimlodd y boen mwyaf erchyll yn ei brest. Roedd anghrediniaeth a phanic llwyr i'w weld ar wyneb ei gŵr, a gwaed... gwaed yn ddafnau tywyll ar hyd ei ddillad a'i groen.

Ceisiodd Gwenan weiddi 'O, na! O, na!' ond ni ddeuai'r geiriau. Teimlodd boen arall yn awr yng ngwaelod ei chefn ac estynnodd ei llaw i'w bol i geisio cysuro'r babi. Teimlai ei bysedd yn wlyb a gludog, a gwyddai cyn edrych i lawr mai ei gwaed ei hun oedd o. Roedd rhyw sŵn rhyfedd yn ei chlustiau... popeth fel petai'n bell i ffwrdd... rhyw sŵn fel sŵn udo... Dyfan yn hanner penlinio, ei geg ar agor ond dim sŵn... dim sŵn...

Ni allai deimlo ei breichiau... wedi blino... ei llygaid yn cau... a Nedw... Nedw! Gorfodi ei hun i agor ei llygaid.

Nedw yn sefyll wrth y drws yn y dillad od y soniodd Pegi Hughes amdanyn nhw... 'Sori Pegi... doeddwn i ddim i fod i ddeud...' Dyfan yn troi a gweld Nedw... y gwn... Nedw'n rhuthro ymlaen...

"Na! Paid!" Clec. Düwch.

Rhywbeth yn cyffwrdd yn fy mhen... Rhaid agor fy llygaid... Nedw. Pam bod Nedw'n crio?...

Nedw'n tynnu'i fenyg cotwm... mae'n anwesu fy wyneb... poen... poen.

Dyfan?... lle mae o... ? Cil edrych dros ysgwydd Nedw... Dyfan yn gorwedd ar y llawr... Lleisiau... rhywun arall yma...

"Rhaid i ni frysio. Efallai y gallwn ni achub y plentyn."

... dim plentyn ydw i... gwraig...

Poen. Düwch.

***

Dyfarnodd y crwner fod Dyfan Hughes wedi lladd ei wraig, Gwenan Hughes, ac yna wedi lladd ei hun. Yr unig dyst oedd Edward Cadwaladr Thomas a gyrhaeddodd fan y gyflafan pan oedd popeth drosodd.

Dechrau Haf 1985

Rhoddodd Catrin Morris y lluniau yn ôl yn y bocs dan y gwely. Edrychodd ar y cloc. Chwarter i dri. Amser iddi adael am yr ysgol.

Wrth iddi yrru'r car bach ar hyd y lôn daliai Catrin i deimlo ei bod yn hen bryd iddynt siarad â Pegi Hughes. Ni fynnai ail-fyw hunllef yr hyn ddigwyddodd ond credai fod Cledwyn yn rhy hallt yn ei feirniadaeth ohoni. Wedi'r cwbl onid oeddan nhw wedi eu dallu rhag gweld helbulon eu merch.

Wrth eistedd y tu allan i'r ysgol gwnaeth Catrin Morris benderfyniad anodd. Gwyddai y byddai yn cythruddo'i gŵr, ond roedd yn rhywbeth y teimlai oedd rhaid iddi ei wneud.

Canodd cloch yr ysgol a llifodd y plant allan i gyfarfod eu rhieni, eu neiniau a'u teidiau, neu pwy bynnag oedd yno i'w tywys gartref.

Teimlai Catrin y dagrau yn pricio y tu ôl i'w llygaid wrth weld yr eneth fach bedair mlwydd oed yn rhedeg yn hapus ar draws buarth yr ysgol. Bowndiai'r cyrls brown o amgylch ei phen, a lledai ei gwên i'w llygaid tywyll hardd.

"Haia, Nain!"

"Haia, Llinos." Gafaelodd yn dynn yn llaw ei hwyres a'i harwain at y car.

Wrth glymu'r gwregys o'i hamgylch, dywedodd Catrin wrth y ferch fach, "Dan ni ddim yn mynd gartre yn syth heddiw. Mi dw i am fynd â chdi i weld rhywun…"

"*Pwy? Pwy?*" *gwaeddai'r ferch wedi cyffroi.*

"*Pegi Hughes ydi ei henw hi. Dy nain arall di.*"

***

Roedd Cledwyn Morris wedi cyrraedd pen draw y cae cyn iddo sylwi pa mor bell yr oedd wedi cerdded, cymaint oedd ar ei feddwl. Gwyddai yn y bôn ei fod yn styfnig ynglŷn â siarad efo Pegi Hughes, ond bob tro y deuai ar ei thraws yn y pentref, bob tro y cai gipolwg ohoni yr oedd fel cyllell yn ei galon. Ei unig gysur y dyddiau yma oedd Llinos ei wyres, a byddai edrych arni hithau ar brydiau fel rhwbio halen ar friw. Dadleuai Catrin fod gan Pegi ei theimladau hefyd, ei bod hithau wedi teimlo colled ac nad oedd yn deg peidio gadael iddi weld ei hwyres. Ond roedd yn anodd. Roedd ceisio byw pob dydd yn ystod y bedair mlynedd ddiwethaf wedi bod yn hunllef.

Clywodd Cledwyn rhyw sŵn y tu ôl iddo. Trodd yn sydyn a dyna lle safai Nedw.

"*Diawch, Nedw. Be sy'n bod arnat ti yn dychryn rhywun fel 'na!*"

Roedd Nedw fel rhyw gysgod i Cledwyn Morris ers rhai blynyddoedd bellach, a gwyddai Cledwyn bod tystio llofruddiaeth Gwenan wedi cael effaith mawr arno. Roedd o'n fwy tawedog fyth, ac yn rhyw baldaruo efo'i hun wrth fynd o gwmpas y lle.

Gwelai Cledwyn olion llwynog o gwmpas y cae a gresynai na fyddai'n gallu ei atal. Gwyddai yn iawn na allai gyffwrdd gwn eto tra byddai byw, a heb wneud hynny ers pedair mlynedd.

"*Drycha'r llanast ma'r llwynog 'ma'n ei wneud, Nedw.*"

Nodiodd Nedw ei ben mewn cytundeb.

"Bydd yn rhaid i mi gael rhywun yna i drio'i ddifa," meddai Cledwyn.

"Mi wna i," meddai Nedw'n bendant.

Chwarddodd Cledwyn yn uchel.

"Ti! Paid â rwdlan. Saethaist ti erioed wn yn dy fywyd!"

"Do. Unwaith."

Teimlodd Cledwyn Morris fel pe bai rhyw law oer yn gafael am ei galon, a gwelodd rhyw wirionedd trist yn llygaid ei ffrind.

"Ydi Duw yn madda i ni am ladd bwystfilod sy'n niweidio'r diniwed, Cledwyn Morris?"

Ni wyddai Cledwyn Morris sut i'w ateb. Dyna'r frawddeg fwyaf cymhleth iddo'i chlywed yn dod o enau Nedw erioed. Brawddeg ddangosodd iddo nad oedd ei ffrind mor dwp ag y meddyliai pobl. Gwyddai na allai holi mwyach – na allai fyth oddef clywed yr hanes. Trodd a dechrau cerdded am y tŷ.

"Wn i ddim, Nedw. Wn i ddim. Allwn ni ddim ond gobeithio," meddai.

Rydym yn cyhoeddi amryw o nofelau cyfoes diddorol a blaengar. Am restr gyflawn o holl gyhoeddiadau'r Lolfa, mynnwch gopi o'n Catalog newydd lliw-llawn — neu hwyliwch i mewn i **www.ylolfa.com** ar y We Fyd-eang!

TAL-Y-BONT CEREDIGION CYMRU SY24 5AP
e-bost ylolfa@ylolfa.com
y We www.ylolfa.com
ffôn 01970 832304
ffacs 832782
isdn 832813

COLEG LLANDRILLO COLLEGE
LIBRARY RESOURCE CENTRE
CANOLFAN ADNODDAU LLYFRGELL